DIARIO DE UN KILLER SENTIMENTAL
seguido de YACARÉ

colección andanzas

Libros de Luis Sepúlveda
en Tusquets Editores

LUIS SEPÚLVEDA
DIARIO DE UN KILLER SENTIMENTAL
seguido de YACARÉ

1.ª edición: junio 1998

Diseño de la colección: Guillemot-Navares
Reservados todos los derechos de esta edición para
Tusquets Editores, S.A. - Cesare Cantù, 8 - 08023 Barcelona
ISBN: 84-8310-063-0
Depósito legal: B. 21.000-1998
Fotocomposición: Foinsa - Passatge Gaiolà, 13-15 - 08013 Barcelona
Impreso sobre papel Offset-F Crudo de Leizarán, S.A. - Guipúzcoa
Liberdúplex, S.L. - Constitución, 19 - 08014 Barcelona
Impreso en España

Índice

Diario de un killer sentimental

Yacaré

Diario de un killer sentimental

Un mal día

El día empezó mal, y no es que yo sea su-
persticioso, pero creo que en días como éste lo
mejor es no aceptar ningún encargo, aunque la
recompensa lleve seis ceros a la derecha, libre de
impuestos. El día empezó mal, y tarde, porque
aterricé en Madrid a las seis y treinta, hacía mucho calor y durante el trayecto hasta el hotel Palace el taxista insistió en soltarme un rollo sobre
la copa europea de fútbol. Tuve ganas de apun-
tarle en la nuca con el cañón de una cuarenta y
cinco para que cerrara el pico, pero no llevaba
ningún fierro y, además, un profesional no se lía
a tiros con un cretino aunque sea taxista.

En la recepción del hotel me entregaron las
llaves de la habitación y un sobre. En él venía una
fotografía donde se veía a un grupo de seis sujetos
con buena pinta, jóvenes, todos entre los treinta
y los cuarenta años, bastante parecidos entre sí;
pero sólo importaba el que tenía la cabeza ro-
deada por un círculo marcado con rotulador. Éste

era el encargo, y el tipo no me gustó. Había también un pie de foto que decía: «Tercer Encuentro de Organizaciones No Gubernamentales, ONG». Tampoco me gustó. Nunca me han gustado los filántropos y aquel tipo apestaba a moderna filantropía. Una mínima ética profesional prohíbe preguntar qué han hecho los tipos que uno tiene que liquidar, pero mirando la foto sentí curiosidad y eso me molestó. En el sobre no venía nada más y así tenía que ser. Debía empezar a familiarizarme con ese rostro, a observar los detalles reveladores de su fortaleza o debilidad. El rostro humano jamás miente; es el único mapa que registra todos los territorios que hemos habitado.

Estaba dándole una propina al mozo que me había subido la maleta cuando sonó el teléfono. Reconocí la voz del hombre de los encargos, un tipo al que jamás he visto ni quiero ver, porque así son las cosas entre profesionales, pero cuya voz podría reconocer entre una multitud.

—¿Has tenido un buen viaje? ¿Te entregaron el sobre? Lamento joderte las vacaciones —dijo a manera de saludo.

—Sí a las dos preguntas; en cuanto a lo de las vacaciones, no te creo.

—Mañana tendrás que viajar —prosiguió—. Procura descansar.

—De acuerdo —dije, y colgué.

Me tendí en la cama y miré el reloj. Faltaban todavía cinco horas para que aterrizara el avión que traía a mi chica —vaya una manera pelotuda de llamarla— desde México y la imaginaba tostada por el sol veracruzano. Le había prometido pasar juntos una semana en Madrid antes de regresar a París. Una semana recorriendo librerías y visitando museos, cosas que a ella le gustaban y que yo aceptaba reprimiendo bostezos, porque esa chica —desde luego, suena definitivamente pelotudo llamarla así— me tenía comido el coco.

Un profesional vive solo. Para aliviar el cuerpo, el mundo le ofrece un montón de putas. Siempre había respetado a rajatabla esa consigna misógina. Siempre. Hasta que la conocí.

Fue en un café del Boulevard Saint-Michel. Todas las mesas estaban ocupadas y ella me preguntó si podía tomar un café en la mía. Iba cargada con una pila de libros que dejó en el suelo; pidió un café y un vaso de agua, cogió uno de los libros y empezó a señalar frases con un rotulador. Yo seguí con lo que hacía antes de que llegara: repasar el programa hípico.

De pronto me interrumpió pidiéndome fuego. Alargué la mano con el encendedor y ella la aprisionó entre las suyas. Quería guerra la nenita.

Hay mujeres que saben comunicar sus ganas de follar sin decir palabra.

«¿Cuántos años tienes?», le pregunté.

«Veinticuatro», respondió con una boca pequeña y roja.

«Yo tengo cuarenta y dos», le confesé mirando sus ojos de almendra.

«Eres un hombre joven», mintió con toda la calentura que emanaba de sus gestos al fumar, al ordenarse el cabello, que tenía el color de las castañas maduras y la textura fina y suave del agua deslizándose sobre las rocas cubiertas de musgo.

«¿Quieres comer antes o después de follar?», dije al tiempo que llamaba al camarero para pedir la cuenta.

«Cómeme y fóllame en el orden que quieras», respondió aferrada a sus libros.

Salimos del café y nos metimos en el primer hotel que encontramos. No recordaba haber estado con una chica tan inexperta; no sabía nada, pero tenía ganas de aprender. Y aprendió, tanto que violé la regla elemental de la soledad y me transformé en un *killer* con pareja.

Ella quería ser traductora y, como todas las

intelectuales, era lo suficientemente ingenua como para tragarse cualquier cuento, de tal manera que no me costó convencerla de que yo era representante de una empresa de aeronáutica y que por eso debía viajar mucho.

Tres años con ella. Se hizo mujer rápidamente, le florecieron las caderas a fuerza de usarlas, su mirada se tornó astuta, entendió que el placer consiste en la exigencia, su cuerpo se aficionó a la seda, a los perfumes exclusivos, a los restaurantes en los que los camareros van elegantes como embajadores y a las joyas de diseño. Dio un gran salto de nenita a minón.

Y entretanto fui violando varias reglas de seguridad, sobre todo las que insisten en la soledad, en permanecer anónimo, desconocido, en no ser más que una sombra, y así el lugar en que establecía mis contactos pasó a ser una oficina a la que tenía que acudir todos los días por la mañana. Por las tardes y por las noches compartía con mi chica un piso que empezó a apestar a casa burguesa, porque allí acudían sus amigos y se hacían fiestas. Durante esos tres años cumplí con varios encargos en Asia y América, y creo que hasta me superé como profesional porque actué rápido para regresar a ella. Lo dicho: me había comido el coco.

A eso de las nueve de la noche decidí salir del hotel para comer algo y beber un par de ginebras. Sabía que no le gustaría que la dejara sola en Madrid. Le había pagado un mes de vacaciones en México para alejarla mientras yo cumplía con un encargo en Moscú. Unos rusos se habían puesto demasiado insolentes con alguien de Cali, y ese alguien contrató mis servicios para recordarles que no eran más que unos aficionados. No. No le gustará que la deje sola en Madrid. En fin, se lo diría después del segundo o tercer polvo.

Tras un atracón de mariscos en un restaurante gallego, di un largo paseo por las inmediaciones del Prado. No debía pensar en el tipo de la foto, pero no lograba sacármelo de la cabeza. Ni siquiera sabía su nombre, su nacionalidad, pero algo me decía que era latinoamericano y que, para bien o para mal, nuestros caminos empezaban a acercarse.

«Ese tipo es un encargo como cualquier otro, nada más. Un encargo que, apenas deje de respirar, representa para mí un cheque con seis ceros a la derecha, libre de impuestos, así que déjate de pendejadas», me dije entrando en un bar.

Me acodé en la barra, pedí una ginebra y decidí despejarme la cabeza mirando el televisor que presidía el lugar. En la pantalla, una gorda imbécil recibía llamadas telefónicas de otros imbéciles y luego hacía girar la rueda de una tómbola. Los premios no eran tan imbéciles como los que participaban en el programa. En una pausa, la pantalla se llenó de chicas con minifalda que me hicieron pensar en la mía. Faltaban menos de dos horas para que aterrizara el avión con mi minón francés. Digamos que en dos horas y media la tendría en el hotel. No había ido a recibirla al aeropuerto obedeciendo a una consigna que aconseja evitar los aeropuertos internacionales. Hay una posibilidad entre un millón de que alguien te reconozca, pero la ley de Murphy pesa como una maldición entre los profesionales.

Soporté dos ginebras frente al televisor y salí de allí. La gorda de la tómbola no logró alejar de mis pensamientos al tipo de la foto. ¿Qué diablos me estaba ocurriendo? De pronto me vi a mí mismo preguntando qué había hecho ese tipo al hombre de los encargos. «Quiero saber por qué tengo que matarlo. Ridículo. La única razón es un cheque con seis ceros a la derecha.» Estaba seguro de no haberlo visto antes. Y, aunque así fuera, eso no cambiaba nada. Una vez liquidé a un hombre por el que incluso llegué a sentir algún aprecio. Pero él se lo había buscado y, al verme llegar, entendió que no tenía escapatoria.

«Me ha llegado la hora, ¿verdad?», preguntó.

«Así es. Cometiste un error y lo sabes.»

«¿Nos tomamos un último trago?», propuso.

«Como quieras.»

Sirvió dos whiskies, brindamos, bebió y cerró los ojos. Era un hombre digno y me esforcé por borrarlo de la lista de los vivos con el primer plomo.

¿Por qué demonios me importaba, pues, el tipo de la foto? Al parecer trabajaba para alguna ONG, pero el motivo de mi encargo no venía por ese lado. Ninguna ONG dispone de suficiente dinero como para contratar los servicios de un profesional, y supongo que tampoco arreglan así sus cuitas.

Malhumorado, empecé a caminar de regreso al hotel. La noche seguía calurosa y me alegré por mi minón francés. Por lo menos no extrañaría el calor de Veracruz. Le gustaba que le mordiera el cuello, y, tostadita como vendría, sería una invitación a morderle el cuerpo entero. «Vaya», me dije, «vuelves a pensar como un hombre normal.»

18

En la recepción pedí la llave de la habitación y encontré que había otro sobre para mí. No me gustó. El hombre de los encargos nunca me haría llegar instrucciones por escrito. En la habitación saqué una cerveza del minibar y abrí el sobre. Era un fax remitido desde México por mi minón francés:

«No me esperes. Lo siento pero no llegaré. He conocido a un hombre que me ha hecho ver el mundo de una manera totalmente diferente. Te quiero, pero creo que estoy enamorada. Me quedaré en México otras dos semanas antes de regresar a París. Allí hablaremos de todo esto. Quisiera quedarme para siempre con él, sin embargo regreso por ti, porque te quiero y debemos hablar. Un beso».

Regla número uno: permanecer solo y aliviar el cuerpo con alguna puta. Pedí que me subieran un periódico del día y busqué la sección «Relax» en las páginas de anuncios. Media hora después llamaron a la puerta, abrí y dejé pasar a una mulata que arrastraba tras de sí todo el aire caliente del Caribe.

—Son treinta mil por adelantado, mi amor —dijo inclinada frente al minibar.

—Aquí hay cien mil, por si te portas bien.

—Yo siempre me porto bien, papacito —respondió estirando su boca grande y roja.

Y lo hizo. Los buenos efectos de la panzada de marisco se agotaron después del tercer *round*. Mientras ella se vestía, comentó:

—Estuviste siempre callado, papacito. A mí me excita que me hablen, que me digan guarradas. ¿Eres siempre así?

—No. Pero hoy he tenido un mal día. Un pésimo día. Un día de mierda —le respondí, porque ésa era la verdad, la condenada y puñetera verdad.

Cuando la mulata salió llevándose las cien mil pesetas y las brisas calientes del Caribe, llamé al bar y pedí que me subieran una botella de whisky.

Y así, pasé la noche de aquel mal día sin abrir la botella, aunque sentía unas ganas terribles de emborracharme, hablando con la foto del tipo que tendría que eliminar, porque, por muy cornudo que sea, un profesional siempre es un profesional.

20

Un asesino que habla de lealtad

«No sé qué habrás hecho, pero estás jodido, hermano. Tal vez te sirva de consuelo saber que te matará otro tan jodido como tú, y lo más curioso es que te envidio porque para ti todo se habrá acabado en cuanto te meta en el cuerpo un par de plomos. En cambio yo, hermano, tendré que seguir viviendo.»

Iba a preguntarle al tipo de la foto qué clase de hombre era, y si acaso ya me esperaba, cuando el teléfono interrumpió mis fantasías. Antes de responder corrí las cortinas y abrí las ventanas para que se ventilase el humo de los cien cigarrillos que había fumado durante la noche. Ya era de día y la luz de Madrid, como siempre, hería las pupilas.

—¿Bien dormido? —saludó el hombre de los encargos.

—¿Tienes algo para mí? —respondí.

—Problemas. Muchos problemas. Demasiados problemas —suspiró.

21

—Me estás sobrecargando la maleta. Como sabes, hoy tengo que viajar —le recordé.

—Seguro. Pero antes tienes una cita con un mensajero en el bar del hotel. Llegará a las diez en punto con un letrero de Turis Sol, que, como tú y yo sabemos, te ha nombrado gerente. A las diez y quince te llamo de nuevo.

—Ajá.

No hice otro comentario. Miré el reloj. Eran las nueve de la mañana, de modo que me metí en la ducha y estuve largo rato debajo del chorro de agua fría.

—Bueno. Algún día tenía que pasar. Es una chica joven y tú vas más bien cuesta abajo. ¿Por qué mierda te duele tanto? La hiciste mujer, ¡y qué minón!, así que deja ya de quejarte —me dijo desde el espejo un tipo en bolas que se parecía a mí como un gemelo.

—No me quejo. Sé perder, pero no soporto la deslealtad —le respondí mientras compartíamos la misma crema de afeitar.

—Un asesino que habla de lealtad. ¡Serás pendejo! —me respondió levantando una navaja similar a la mía.

A las diez en punto estaba en el bar del Palace pidiendo un sándwich de pollo y una cerveza. El mensajero fue puntual. Era un chico de unos dieciocho años, vestido como Miguel Induráin, que entró enarbolando, como si fuera el trofeo del Tour de Francia, un letrero en el que se leía Turis Sol.

Me entregó un sobre y agradeció las mil pesetas de propina llevándose una mano a la sien. Regresé con el sándwich, la cerveza y el sobre a la habitación.

Allí, mientras esperaba la llamada del hombre de los encargos, abrí el sobre. En él venían cinco fotografías del tipo con el que había monologado casi toda la noche. En la primera, bajaba de un Mercedes azul con matrícula de Lima. Llevaba el pelo, castaño, o medio rubio, bastante más largo que en la foto que ya conocía. En la segunda, estaba a punto de lanzar una pelota en un campo de golf. Un *caddie* petisito le señalaba algo a lo lejos, pero el paisaje de fondo, bosques, no me aportó mayor información. En la tercera foto, entraba en una casa que se me antojó de una calle sudamericana o mexicana. En el dintel había un letrero, pero el fotógrafo sólo había enfocado la palabra «vida». La cuarta era casi una repetición de la foto que había recibido el día anterior: la misma mesa, pero con distintos acompañantes y con una variación en el pie de foto: «Segundo Encuentro de Organizaciones No

23

Gubernamentales, ONG». En la última fotografía, me costó reconocerlo: tenía el pelo negro y una barba de varias semanas. Algo no me gustó en esa foto y me acerqué a la ventana para observarla con mayor atención. Caminaba por un lugar que reconocí de inmediato, porque lo habían fotografiado en el inmenso México D.F. justo cuando pasaba por delante de la librería El Péndulo, en Colonia Condesa, pero no fue eso lo que me llamó la atención, sino algo que le abultaba con insolencia la cintura. El tipo vestía un *pullover* color naranja, vaqueros, y o bien tenía una verga tan larga que debía sujetársela con el cinturón, o bien llevaba un pistolón oculto bajo la ropa. En ese momento sonó el teléfono.

—¿Has recibido los planos? —preguntó el hombre de los encargos.

—Sí, y creo que el terreno está abonado —comenté.

—Los contratistas quieren un trabajo impecable y al mismo tiempo inolvidable —precisó.

—De acuerdo. ¿Cuándo debo salir?

—Tendrás que esperar un par de días, porque nos falta el material más importante.

—Conforme. Hoy vuelvo a París. Me llamas allá —dije, y colgué.

De modo que el tipo se había esfumado:

24

«Nos falta el material más importante». ¿Dónde diablos estaría? Y los contratistas exigían una muerte inolvidable. ¡Vaya! No era la clase de encargos que aceptaba con gusto. La última vez que hice un trabajito semejante fue en Los Ángeles con un tipo que había olvidado pagar sus deudas. Tuve que cargarme a dos guardias de seguridad para entrar en su casa, un trabajo extra que luego no apareció en la minuta. Después de atarlo, le colgué del pecho un simulacro de bomba. Entonces llamé a la pasma, a los bomberos, a Urgencias, y al salir le metí siete plomos en el muslo izquierdo. Se desangró pidiendo auxilio, porque nadie se atrevió a acercarse por temor a la bomba.

¡Vaya con el amigo de la foto! Al parecer sus pecados eran de los grandes, y se mostraba hábil. El hombre de los encargos me llama sólo cuando las piezas están perfectamente en su sitio, porque lo mío es llegar, matar y salir. Dar con las piezas y ubicarlas es trabajo de los huelebraguetas.

Una foto en Perú, otra en México. Pensar en líos de coca era demasiado simple; además, esa clase de asuntos los arreglan los sicarios, a no ser que el infractor sea un VIP. «Vaya, vaya, hermano», dije mirando las fotos, «¿qué se te ha perdido en México y en Perú? O, mejor dicho,

¿qué habrás encontrado en esos dos países? ¿Y qué significa eso de jugar a filántropo en dos congresos de las ONG? Tal vez me lo expliques cuando te llegue la hora. Creo que vamos a tener tiempo de sobras para una interesante charla.»

Estaba pagando la cuenta cuando el recepcionista me avisó de que había una llamada para mí. La cabina parecía una sauna, y el calor aumentó cuando reconocí la voz de mi minón francés.

—¿Cómo estás? —preguntó en un tono inseguro.

—Sudando —le respondí.

—¿Has podido dormir? —prosiguió, esta vez en un tono preocupado.

—Seguro. Una caribeña se me llevó cien mil pesetas y medio litro de semen. Mejor que el valium —le conté sin afán pedagógico.

—Hace tres días que no consigo pegar ojo —confesó con palabras trizadas por el llanto.

—Lo siento. No puedo follarte por teléfono, pero si ése es tu problema, puedes recurrir a tu tarjeta American Express para que te lo haga un puto mexicano —le aconsejé antes de cortar, pero la pequeñísima distancia entre el audífono pegado a mi oreja y el micrófono en la base del teléfono no pudo contener su llanto y sus «mi amor, escúchame por favor», que se adhirieron a mi piel con la misma insistencia que el sudor.

En el trayecto hasta el aeropuerto tuve que soportar a otro de esos plomizos lenguaraces que son los taxistas madrileños.

—¿Le gustan los toros? —atacó.

—Depende de cómo estén asados —contesté.

—Hombre, me refiero a la fiesta, a los toreros y demás, ¿entiende?

—Y yo me refiero a las criadillas, a los huevos de toro asados, ¿entiende?

Al parecer lo entendió porque, después de alabar a cierto matador al que las hembras le arrojan sujetadores, pasó a quejarse de los moros, de los negros, de los gitanos, de los sudacas y de toda la humanidad que no respondiera a sus cánones de europeo petiso con olor a fritanga. Una vez más, lamenté la ausencia de una cuarenta y cinco en mi mano derecha.

En el aeropuerto, antes de facturar, entré en los lavabos para cambiarme de camisa. En el espejo, un tipo muy parecido a mí se secaba el rostro con las toallitas de papel que le había entregado un flaco silencioso idéntico al que yo tenía a mi lado.

—No es para tanto —dijo el tipo del espejo.

—No sé de qué me hablas —respondí.

27

—¿Perdón? —preguntó el flaco de las toallitas.

—No, no va contigo —le espeté apartándolo de un empujón.

—¿Has visto en qué estado te encuentras? Relájate. Hay rebaños de minitas como ella. Tómatelo con calma, todavía tienes mucho tiempo. Despacha la maleta y luego te tomas un par de ginebras —aconsejó mi gemelo del espejo.

Le hice caso.

Generalmente sigo sus consejos, sobre todo los profesionales. Recuerdo un encargo a mediados de los años ochenta. Tenía que liquidar a un industrial de Austin, Texas. El tipo era muy hábil y había encontrado la mejor forma de protegerse en sus idas y venidas a la oficina: viajaba en un bus escolar lleno de niños, sentado entre ellos. La prensa texana hablaba con admiración de aquel benefactor que renunciaba a su limusina y financiaba el transporte escolar. Lo que no decía era que ese hijo de perra utilizaba a los chicos como escudo.

«No quiero matar a ningún chico, pero no tengo otra solución porque su oficina es inexpugnable», le comenté al del espejo.

«Utiliza el coco, compañero. Tu objetivo es

un yanqui, que es sinónimo de patriota. ¿Captas?»

—Ni una palabra. No me gustas cuando hablas como un oráculo.

—Se acerca el 4 de julio, y tu objetivo no dejará pasar semejante ocasión para soltar adrenalina patriótica. Por ahí van los tiros.

Y por ahí fueron los tiros. Un huelebraguetas averiguó que el yanqui había preparado su hemorragia patriotera para el día antes, de modo que me puse en movimiento el 3 de julio disfrazándome del bobo orejudo de los siete enanitos. Me mezclé con los lobos feroces, los patos Donald, los ratones Mickey y otros engendros por el estilo que esperaban el bus escolar mientras repartían cientos de banderitas con barras y estrellas, caramelos y vales de McDonald's.

El bus se detuvo a la hora anunciada y los niños nos acercamos a las caras que asomaban por las ventanillas. El yanqui iba acompañado por dos guardaespaldas que todavía deben de preguntarse qué diablos había pasado, porque actué en cuanto lo vi: desde unos dos metros de distancia, le metí un plomo calibre cuarenta y cinco expansivo. Entre el griterío de los chicos, el estallido, sofocado por el silenciador, apenas sonó como un suspiro, y el tipo se desplomó con un agujero en la frente y los sesos saliéndosele por las orejas. Fue un trabajo limpio, aunque detesto los proyectiles expansivos porque dañan las estrías del cañón.

Bebía la segunda ginebra cuando, sin querer, miré de reojo el periódico que leía un compañero de barra. Era un diario turco, yo no entendía una sola palabra, pero allí, en una foto, estaba mi próximo encargo, sonriente entre un grupo de hombres y mujeres.

—¿Habla usted inglés? —pregunté al lector del periódico.

—Inglés, español, francés y alemán. No es fácil vender alfombras en estos tiempos —me respondió agitando unos gruesos mostachos.

—Ese hombre, el tercero a partir de la izquierda, es un viejo amigo mío. ¿Puede decirme qué pone el pie de foto?

—Dice que el grupo asiste a un congreso de arquitectura. Las grandes urbes y el problema migratorio es el tema central. Empezó ayer y termina dentro de tres días. Eso es todo.

—¿Y dónde es el congreso?

—En Estambul. Bonita ciudad. Yo soy de allí —informó el vendedor de alfombras.

30

A los pocos minutos mi llamada sorprendía al hombre de los encargos.

—¿En Estambul? ¿Estás seguro?

—Participa en un congreso de arquitectura que termina dentro de tres días.

—Quédate en el aeropuerto y telefonéame de aquí a una hora.

Así lo hice. Oí varias veces cómo llamaban para embarcar a alguien con mi mismo nombre y cómo mi maleta se iba sin mí. La imaginé dando vueltas, abandonada en la cinta sin fin del aeropuerto de París, mientras yo esperaba a que pasara la hora que tal vez me llevaría a Estambul, hacia un hombre al que tenía que borrar del mapa de una manera ejemplar.

Encuentro en Estambul

En todas las capitales hay un hotel Sheraton y todos son iguales. Los recepcionistas parecen clonados de un prototipo universal y siempre preguntan lo mismo:

—¿El señor tiene reserva?

La tenía. El hombre de los encargos es muy riguroso en esto, pero, como de costumbre en los hoteles Sheraton, me dieron la peor habitación. No me importó. No había ido a Estambul para hacer turismo, sino para observar al tipo que iba a cargarme.

—Me molesta reconocerlo, pero se trata de un material muy difícil de encontrar —había dicho el hombre de los encargos.

—Y si lo encuentro, ¿qué? —consulté.

—No compres allá. Los contratistas quieren productos nacionales —precisó.

Aunque me precio de ser un buen profesional, sus palabras me aliviaron. No estaba preparado para actuar en Estambul, no conocía la ciudad y, desde que dejé atrás el aeropuerto, los militares turcos me pusieron nervioso. Miraban insistentemente a cualquiera que, según ellos, pudiera ser kurdo o tuviera algo que ver con los kurdos. Parecía muy difícil conseguir un buen fierro en Turquía.

¿De dónde diablos saldrán los taxistas? El que me llevó desde el hotel hasta el centro de congresos era un turco con bigotes tan grandes como el manubrio de una bicicleta y, no bien posé el culo en el asiento protegido por un plástico, me convirtió en blanco de su afán catequista. Maldijo a cuanta mujer con falda corta paseaba por las calles, maldijo los anuncios de ron Bacardi, los de cigarrillos y, finalmente, rogándome que no me ofendiera, se metió con los extranjeros, pues sólo traían a su país costumbres perniciosas. Cuando llegamos al centro de congresos, se cagaba en la madre de Kemal Atatürk. Mientras le pagaba la carrera me prometí dignificar a las profesionales del amor y nunca más tratar de hijo de puta a quien no se lo mereciera. Hijo de Alá me pareció un insulto mucho más contundente.

Curioso el hombre al que debía cargarme. En el programa del encuentro «Grandes urbes y problemas migratorios» aparecía su foto, su nombre, Víctor Mújica —suponiendo que fuera el suyo—,

34

una interesante biografía que lo presentaba como un pionero de las organizaciones no gubernamentales, y su nacionalidad. Era mexicano y había nacido en 1959 en Guadalajara, Jalisco. O sea que tenía treinta y seis años, una buena edad para morir.

En la cafetería del centro de congresos lo tuve a menos de dos metros. Hubiera sido un juego de principiantes cargármelo allí mismo, pero no podía ni debía hacerlo. Los contratistas querían que el último aire que respirase fuera americano, cualquier aire de los que soplan desde el río Grande hasta el Cabo de Hornos. Hablaba con un grupo de hombres y mujeres que lo miraban con muestras de aprecio. Saltaba del inglés al alemán y del francés al portugués con sus contertulios. Una mujer le pidió en inglés que cantara. Primero se negó sin convicción, pero, ante la insistencia, cerró los ojos para desgranar con buena voz la letra de una ranchera:

... ella quiso quedarse
cuando vio mi tristeza,
pero ya estaba escrito
que aquella noche
perdiera su amor...

Cantaba bien el pinche mexicano, suponiendo que lo fuera. Tenía el aplomo sutil que delata al canchero, o sea que no debía de tener problemas de soledad entre las sábanas.

«Bueno, macho. Vas a borrar del mapa a un tipo simpático», me dije y, una vez más, me sentí estúpido porque quería saber por qué tenía que matarlo.

... quise hallar el olvido
al estilo Jalisco,
pero aquel tequila
y aquellos mariachis
me hicieron llorar...

Terminó de cantar sin abrir los ojos, como si los versos de la ranchera fueran algo íntimo, algo suyo, irrenunciable, y, en el breve silencio que precedió a los aplausos de los que le rodeaban, ocupó mi mente la imagen de mi minón francés. Ella estaba allá, en México, tal vez gozando de las hemorragias de llanto que suelen provocar los mariachis en la plaza Garibaldi. ¡Cabrones los mariachis y los que llevan allí a sus minitas incautas! Saben que, después de unas rancheras bien lloradas, no hay piernas ni bragas que se resistan.

36

—No te entiendo. Has venido a ver al tipo que vas a cargarte, a olerlo, a medirlo, y casi te hace llorar una estúpida canción. ¡Vaya profesional estás hecho! —dijo desde el espejo el hombre que vestía una americana igual a la mía.

—No jodas. Sabes que siempre cumplo.

—Eso espero. ¿Y qué piensas hacer ahora? ¿Leer una novela de Corín Tellado?

—Voy a husmear entre sus cosas en su hotel.

—Ése no es tu trabajo. Lo que ocurre es que quieres saber por qué tienes que eliminarlo. Yo sí lo sé.

—¿Y me lo vas a decir?

—Seguro: porque por hacerlo te darán un cheque con seis ceros a la derecha, libre de impuestos. Eso es todo, pendejo.

Un billete de cincuenta dólares rompió las reticencias del bigotudo que atendía la mesa de Información del congreso. El tipo se alojaba en el hotel Richmond.

¡Nada mal, el hotelito! El vestíbulo rezumaba nostalgia del Imperio otomano y el recepcionista era de los que a mí me gustan: discreto de palabra, pero de hocico elocuente.

—Hace unas horas dejé unos documentos para el señor Mújica. Se trata de algo muy importante y quiero saber si los ha recibido.

Sin decir una palabra, el recepcionista dio media vuelta y, con un gesto del mentón, me señaló la casilla vacía de la habitación cuatrocientos cinco.

—Los documentos fueron entregados al señor Mújica en su momento —dijo con el orgullo servil de un cinco estrellas.

Llego, mato y me voy. Eso es lo que he hecho en los últimos quince años, y en esta profesión se aprenden cosas sin que uno se dé cuenta. Una de ellas es oler a tiempo el tufillo de lo que no encaja.

Lo que no encajaba en el pasillo central del Richmond era el gordo semicalvo que leía el *New York Times* con la espalda apoyada en la pared y de cara a los ascensores. Un par de metros más allá disponía de una surtida colección de mullidos sofás, pero el gordo leía de pie.

Entré en el ascensor y apreté el botón de la planta séptima. En la soledad del pasillo me fumé un cigarrillo con toda la calma del mundo y luego bajé lentamente por las escaleras. En el cuarto piso pude comprobar que eso de leer el *New York Times* de pie y de cara a los ascensores era contagioso. A este segundo lector de periódicos sólo le faltaba un sombrero tejano para delatar su nacionalidad.

Cuando me vio, se concentró en la lectura. Me maldije por haber cometido un error de principiante: el gordo de abajo tendría sin duda un transmisor por el que habría dado mi descripción a su compinche de arriba y éste, al verme aparecer por la puerta de la escalera, no tuvo la menor duda. Qué diablos, había que actuar rápido y lo hice.

Me dirigí a los ascensores y estiré una mano para llamarlos, pero, antes de tocar el botón de plástico, me volví al tiempo que, con la pierna izquierda, le propinaba una patada al lector impenitente.

Le di de lleno en los testículos y, sin darle tiempo a reponerse, le metí dos golpes en las orejas. No sólo se le reventó el audífono, sino que se le incrustó en la carne. El hombre llevaba también un lindo micrófono oculto en la solapa de la chaqueta, un treinta y ocho de cañón recortado y, ¡sorpresa!, una muy bien plastificada credencial de agente de la DEA, es decir, la Drug Enforcement Agency, la agencia antidroga estadounidense.

Un par de minutos después, una puerta de emergencia me escupía a la calle. Eché a caminar. Necesitaba pensar, y rápido. La DEA andaba detrás de mi próximo blanco. *¿Istanbul Connec-*

tion? ¿Estarían los mexicanos empezando también a fumar alfombras? ¿Cuántos hombres más tenía la DEA en Estambul? Necesitaba encontrar urgentemente un lavabo para hablar con el habitante de los espejos que tan bien me conoce.

El cansancio de las piernas me indicó que llevaba varias horas caminando sin rumbo definido hacia cualquier parte, o tal vez sí, involuntariamente, hacia un lugar concreto, que, pese a no conducirme a ninguna parte, me alejaba cada vez más de los hábitos profesionales.

Me había inmiscuido en lo que no me importaba, me preocupaban las razones por las que debía eliminar a un hombre, acababa de golpear a un agente de la DEA y, por si fuera poco, la imagen de mi minón francés aparecía a dolorosos intervalos en mi memoria, como el anuncio de algo que jamás podría comprar.

Al descubrirme en un mar de alfombras, tapices, narguiles, espantosas litografías de paisajes, retratos de Jomeini y otras baratijas orientales, supe que estaba, sin habérmelo propuesto, en el Gran Bazar. La mezcla de incienso y pachulí hacía el aire irrespirable. Los vendedores asediaban a los turistas y éstos se dedicaban a sobar alfombras con displicencia. Dos bigotudos se me acercaron sonrientes; uno de ellos sostenía un tapiz enrollado en los brazos y el otro me saludó con una inclinación de cabeza.

—Tenemos con toda seguridad lo que busca el señor. Si nos hace el honor de aceptar una taza de té, podremos discutir el precio —dijo con ademanes de Alí Babá.

—Lo siento. No tengo intención de comprar nada —respondí.

—Le ruego que eche una mirada, una sola, a la incomparable calidad de nuestros tejidos —sugirió, al tiempo que le hacía un gesto a su acompañante.

Éste levantó el tapiz enrollado hasta casi rozarme la nariz. Entre los pliegues asomaban los dos cañones de una escopeta. Esta vez fui yo quien inclinó la cabeza con humildad, aceptando la invitación para saborear una taza de té en el Gran Bazar de Estambul.

Los dos hombres me condujeron hasta el cuarto trasero de una tienda. Allí, el de la escopeta me señaló un cojín mientras el otro se comunicaba con alguien por un teléfono celular.

Cuando terminó de hablar, recobró el tono ceremonioso.

—No sabemos ni quién es usted ni cuál es su juego, pero supongo que muy pronto lo sabremos. También debo decirle que no se ha portado

41

nada bien con el amigo del hotel, el pobre hombre tiene la oreja como una albóndiga. Además, ha causado daños a ciertos bienes públicos de Estados Unidos. Todo eso está muy mal.

—Lo siento, pero ese hombre me atacó y tuve que defenderme. Pensé que quería atracarme —me disculpé.

—No son frecuentes los atracos en los pasillos del cuarto piso del hotel Richmond. Su historia no me gusta nada. ¿Conoce la de la princesa Scherezade? Los cuentos tienen que ser convincentes y estar bien contados. Asán, inspírale un poco a nuestro invitado —ordenó al acompañante.

Asán sabía dónde golpear. Descargó la culata de su escopeta en mi hombro izquierdo con tal fuerza que se me abrieron los dedos de la mano. Al dolor del golpe siguieron espantosos calambres.

—Y ahora que puede mejorar el argumento de su historia, empecemos por una corta biografía del autor. ¿Quién es usted? —preguntó el ceremonioso.

Quise responder: «¿Y quiénes son ustedes?», pero no estaba para imponer condiciones. Con el segundo golpe en el hombro izquierdo, creí que mi brazo se caería, que se deslizaría como

42

un reptil muerto por la manga de la chaqueta. Asán no era amante de las largas pausas en los relatos.

—Soy un turista. Acostumbro a hacer *footing* por los pasillos de los hoteles.

Calculé bien el instante en que Asán me propinaría el tercer golpe. Incliné el cuerpo hacia el lado derecho, de modo que la culata me rozó el brazo dolorido mientras yo la asía con la derecha y tiraba hacia abajo.

Asán perdió el equilibrio y se enredó los pies en el dobladillo de su chilaba. Mientras él caía hacia delante, logré quitarle el arma. Ignoraba si estaba cargada, pero no tenía tiempo de comprobarlo. El asunto era salir de allí, y, una vez más, había que pensar rápido.

—Cálmese. No podrá salir del bazar con una escopeta en las manos. Le ruego que disculpe los malos modales de Asán; por mi parte, le propongo un diálogo cortés —dijo el ceremonioso.

Y ésas fueron sus últimas palabras, porque de pronto su cabeza cayó hacia delante como si hubiera recibido una coz y todo él fue a parar de bruces sobre un montón de alfombras. Me volví. Entonces vi a mi encargo armado de un treinta y ocho con silenciador envuelto en un periódico.

También le había volado los sesos al impaciente Asán, que había caído muy cerca de su compañero.

—Sígueme, pinche pendejo —ordenó, y le hice caso recordando el momento en que vi por primera vez su rostro en una fotografía y supe que nuestros caminos habrían de cruzarse, para bien o para mal.

El ángel exterminador se presenta

El hombre al que tarde o temprano tendría que matar me había salvado el pellejo y me conducía de la mano por los vericuetos del Gran Bazar de Estambul. Parecía conocer muy bien aquel territorio, porque ningún bigotudo intentó siquiera venderle una alfombra.

—Les dije mil veces que el contacto del bazar ya no valía —murmuró mientras alcanzábamos la salida.

—Ajá —me limité a responder.

—¿Te pusieron nerviosos los gringos en el hotel? —preguntó sacando un teléfono celular del bolsillo.

—Ajá —repetí.

—Eres un perfecto idiota. Ésos sólo estaban allí para asegurarse su tajada, nada más. Pero, en fin, vayamos ahora a por la pasta —dijo y con un ademán ordenó que me alejara un par de pasos mientras marcaba un número.

—Ajá —volví a repetir.

Musitó un par de palabras inaudibles, me jaló de un hombro y así entramos en un café repleto de bigotudos que jugaban al *backgammon*. Pidió dos cafés turcos.

—Preferiría una ginebra —alegué cambiando la escueta línea argumental que había mantenido hasta entonces.

—Si mencionas en este lugar una sola bebida alcohólica, te dejan los huevos en la barra. ¿Por qué no me buscaste en el centro de congresos? Fui bastante claro al dar las instrucciones —observó removiendo el café con la cuchara.

—Allí había aún más gringos y me puse nervioso —dije con tono de disculpa.

Entonces el tipo me miró fijamente a los ojos. De alguna manera, mis palabras acababan de decirle que yo no era el que esperaba. Yo también lo miré. Era un tipo de complexión fuerte, con los músculos cultivados por la constante práctica de deporte. Parecía seguro de sí mismo y acostumbrado a imponerse gracias a esa arrolladora seguridad. Me animó verle con el ceño fruncido, pensando aprisa para reponerse de la sorpresa.

—¿Quién demonios eres? —preguntó llevándose una mano a la cintura para recordarme que iba armado con un treinta y ocho con silenciador.

—Soy el ángel exterminador. Mi objetivo es

matarte, pero no aquí. Todavía no sé dónde lo haré, pero los dos lo sabremos cuando llegue el momento.

En ese preciso instante se oyó la bocina de un auto. El tipo se separó de la silla y, sin despegar la mano de la cintura, empezó a caminar de espaldas. Había perdido toda la seguridad, le temblaba el mentón y trataba desesperadamente de decir algo, pero las palabras no acudían a sus labios.

Estaba terminándome el espantoso café cuando el aire se llenó de sirenas de autos de la policía.

—¿Qué ocurre? —pregunté al camarero mientras pagaba la consumición.

—Lo de siempre. Terroristas kurdos que han matado a dos comerciantes en el bazar.

Salí a la calle y, caminando sin rumbo, me perdí una vez más. ¿Qué demonios me estaba pasando? Por primera vez en mi larga e impecable trayectoria profesional, había puesto a mi futura víctima sobre aviso, tenía probablemente a los hombres de la DEA pisándome los talones y la mitad de los comerciantes de las tres mil tiendas del Gran Bazar estaría dando mi descripción a la policía o al ejército turco. Maldición, me había echado encima a la mismísima OTAN.

A las cinco de la tarde hacía un calor infernal y decidí buscar el frescor benevolente de un majestuoso edificio. Era la mezquita de Ortakey. Desde sus jardines avisté el puente del Bósforo, esa lengua de hormigón que une como si nada Asia a Europa.

Al asomarme a una fuente vi reflejado en el agua al hombre vestido con mi misma chaqueta. Su semblante también reproducía mi preocupación.

—Has batido el récord mundial de cagadas —dijo a manera de saludo.

—Lo sé. Ayúdame a pensar.

—No tienes demasiado tiempo. Vete ahora mismo en taxi al aeropuerto. Tu víctima debe de estar haciendo lo mismo, si es que no ha volado ya vete tú a saber adónde. Tampoco estaría mal que llamaras a París. Puede que el hombre de los encargos te haya dejado algún mensaje en el contestador.

Seguí los consejos de mi doble. En el aeropuerto compré un pasaje a Frankfurt. Era el vuelo más directo y salía al cabo de dos horas. En el bar internacional, a salvo de las iras de los muchachos de islámicas pelotudeces, me eché al coleto tres ginebras y enseguida llamé a París, a la oficina de contacto. No había ningún mensaje en el contestador. Colgué. Estaba a punto de pasar a la sala de embarque cuando un extraño impulso me hizo marcar el otro número de París, el de la que hasta hacía poco había llamado, como un cretino, mi casa, con los impuestos al día.

Había varios mensajes, todos ellos de amigos de mi minón francés que manifestaban una preocupación colectiva por su tardanza en regresar de México. También había uno con su voz, que sonaba como si hablara con un puñal a escasos centímetros de la garganta: «Soy yo, contéstame, por favor. Necesito hablar contigo. No sé lo que me pasa, pero te necesito y al mismo tiempo no puedo regresar antes de verle a él. No me odies. ¡Eres tan bueno y generoso! Regresaré apenas haya hablado con él. Te amo, pero no sé lo que me pasa...». Colgué antes de que terminara el mensaje. Estaba metido en demasiados problemas como para ejercer de aliviacorazones.

El vuelo Estambul-Frankfurt duró cinco horas, de las que dormí cuatro ayudado por varios botellines de ginebra que una azafata me sirvió con ejemplar generosidad.

Antes de cumplir con un encargo procuro dormir mucho, y la mejor forma de hacerlo es evitando los sueños, esos territorios a los que se

49

nos conduce a nuestro pesar. Un colega irlandés me enseñó un truco para eliminarlos: hay que pensar intensamente en un inmenso paño verde que va cubriendo todo lo que hayamos visto hasta el momento de cerrar los ojos. «Yoga del asesino», lo llamaba el irlandés, y siempre me había funcionado, pero, en el avión, la condenada imagen de mi minón francés perforó la tela verde y emergió de ella, fresca, excitante, como recién salida de una laguna.

Ella me llevó de la mano un día de otoño por los jardines del Luxemburgo y me peló castañas calientes compradas a la salida de la estación de metro Gobelins. Más tarde, acarició mi pecho con movimientos involuntarios tras la fatiga de los orgasmos bien coordinados, me dio de beber de su boca caliente sorbitos de Sancerre frío y escribió con la lengua frases de amor en el espejo. En una playa de Puerto Rico, aprisionó mis manos con las piernas mientras le ponía crema protectora. Me exigió sexo con urgencia sobre una mesa de *blackjack* en un casino de Orlando. Me leyó versos de Prévert, Thomas y otros tipos que me dejaron indiferente, y susurró canciones de Brel, cuyas palabras me pareció entender. No fue fácil despertar sin aferrarme a su condenado nombre.

El taxista que me llevó del aeropuerto al centro de la ciudad era turco, pero su nacionalidad no le eximía de pertenecer a la tribu universal de los indiscretos.

—¿Qué le pareció Estambul? Bella ciudad, ¿no? —escupió sin piedad.

—¿Cómo sabe que vengo de allá?

—Porque es el último vuelo internacional. En Frankfurt aterriza un avión cada tres minutos, pero los vuelos que vienen de Turquía llegan a la pista de alta seguridad. Es por los kurdos, ¿sabe? Son una pandilla de terroristas, y los alemanes toman precauciones.

—Lo pasé muy mal en Estambul.

—Le creo. Eso les pasa a los turistas que no se dejan aconsejar. En Estambul no se liga a una hembra ni Alain Delon; en cambio, los suecos y los alemanes hacen nata en Edirne. Todos se bañan en bolas y arden en la arena. Ahora bien, si el señor es más exigente, las calles de Galata están llenas de efebos de novela. Es como Cadaqués, pero allá el marco alemán abre cualquier corazón o cualquier culito.

—Gracias por la información, pero lo que yo quería era follarme a una hembra peluda. Es que el chador me excita hasta la muerte —le aseguré al hijo lejano de Alá.

En el Frankfurter Hof me dieron una habitación en la que se podía jugar al fútbol. Pedí que me subieran una botella de ginebra y llamé al hombre de los encargos.

—Tengo que hablar contigo largo y tendido, ahora mismo —le avisé.

—Conforme. Estés donde estés, busca un teléfono público y llámame dentro de media hora a un número que olvidarás para siempre —dijo dictándome los números del celular.

Hice tiempo en el vestíbulo del hotel. Estaba lleno de mujeres hermosas. Era como una competición en la que se exhibiera la belleza del género femenino en toda su plenitud. Varias tarjetas de identificación prendidas de los escotes me informaron de que en Frankfurt se celebraba la feria anual de moda y diseño. Aquello era como ver a mi minón francés repetida en un laberinto de espejos. Pero la belleza es efímera, como se sabe, y me dirigí a una cabina para hablar con el hombre de los encargos.

—Sé breve, adoro la capacidad de síntesis —dijo.

—Lo sé. Pues ahí va: casi me cargo a un agente de la DEA, luego quien te imaginas me salvó el pellejo eliminando a dos tipos. Dime, ¿quién ha contratado mis servicios?

—Mierda, no sintetices tanto. ¿Has dicho la DEA? ¿Estás seguro?

—Nunca he visto una muestra mejor lograda.

—Creo que se te va a duplicar la pasta. Te llamo a París mañana al mediodía. Tú sabrás cómo llegar a tiempo —dijo y colgó.

Al salir de la cabina me atacó una flaca de ojos verdes.

—Esa camisa es de Kendo —aseguró en francés.

No quise discutir la paternidad. Total, es muy posible que en las galerías Lafayette vendan camisas de diseño.

—Buen ojo, nena. ¿Por qué no me acompañas y examinamos de cerca los ojales? —le respondí cogiéndola por la cintura.

Aquellos ojos verdes eran portadores del bálsamo que elimina los sueños.

Un asesino jubilado

A las ocho de la tarde del día siguiente, y obedeciendo las órdenes del hombre de los encargos, tenía el culo muy bien acomodado ante el volante de un Mercedes Benz y esperaba en el aparcamiento de coches de alquiler del aeropuerto Charles de Gaulle. El Concorde aterrizaría en pocos minutos y entre los pasajeros del vuelo Nueva York-París venía aquel individuo del que no conocía más que la voz.

—Me temo que tus jugarretas en Estambul han desordenado la baraja —dijo mi doble desde el retrovisor.

—Lo asumo. Hice lo que debía y no me preguntes por qué.

—Yo sí sé por qué lo hiciste. Esa hembrita te tiene por los suelos y estás totalmente descontrolado —dijo, y añadió—: ¿No temes el encuentro con el hombre de los encargos? Sabes que en tu profesión no hay despidos, sino certificados de defunción.

—Si viene a verme, por algo será. Nunca le he fallado.

—¿Nunca? —preguntó lleno de sarcasmo.

Moví el espejo de un manotazo para que no siguiera hablando, pero sentí que tenía razón. ¿En qué diablos estaría yo pensando? Por la mañana, al llegar de Frankfurt, me había dirigido a la oficina de contacto para esperar la llamada del hombre de los encargos. Fue puntual. Llamó desde el aeropuerto Kennedy y me dio las instrucciones que en ese momento seguía. Luego eché a andar rápido para aclarar las ideas, pero una fuerza irresistible me condujo al piso que hasta hacía pocas semanas había compartido con mi minón francés.

Todo lo que había dentro me pareció lejano y ajeno. Televisor, muebles, vídeo, equipo de sonido, lámparas, cama de matrimonio, discos, libros y más libros, cuadros, bar, la ropa ordenada en los armarios, nada de todo aquello era mío ni tenía que ver conmigo. Decidí meter un par de trajes y unas camisas en una maleta para salir de allí definitivamente. Mientras lo hacía, sus ojos me observaban desde todos los ángulos, multiplicados en las fotografías que le había tomado en diferentes lugares y que yo mismo había colgado de las paredes. Entonces sonó el te-

56

léfono, tres veces, y se activó el contestador automático. Era ella. Su voz me pareció muy distante y cansada. Hablaba de amor, de una terrible equivocación, de vergüenza y de un regreso en cuanto saliera de un lío del que ella debía salir sola. Insistía en las palabras de amor, recordaba días felices, se maldecía, y yo castigué las paredes hasta que me sangraron los puños para no ceder a la tentación de levantar el auricular.

«Me fallaste, nenita. Y no admito esa clase de fallos», murmuré al tiempo que cerraba la puerta. Su voz se quedó flotando en la soledad de aquel piso al que jamás regresaría.

Un hombre gordo que llevaba un maletín y una gabardina doblada se acercó al auto. Salí para abrirle la puerta correspondiente al asiento del acompañante.

—Vaya, por fin nos conocemos. Este encuentro no debió darse nunca, pero, en fin, así son las cosas —dijo la voz que conocía yo tan bien.

—Tú dirás adónde tengo que llevarte —respondí.

—Vamos a dar un paseo. A caminar junto al Sena, si no te molesta —sugirió.

La noche era fresca, apacible, y, tras dejar el

auto, caminamos media hora por las cercanías del Trocadero. El hombre de los encargos fumaba un cigarrillo tras otro, su tos era recia y, cada vez que intentaba yo hablar, respondía él con un gesto de las manos: «Todavía no, muchacho; estoy pensando». Finalmente, me señaló un banco y allí nos sentamos.

—Dime, ¿tienes alguna queja de quien te da de comer? —empezó.

—No, ninguna, y tú lo sabes.

—Perfecto. Ahora eres ya un hombre rico. No me interesa saber qué has hecho con la pasta que has ganado, pero debe de ser una bonita cantidad. Estás en la situación ideal para retirarte.

—Al grano.

—No es que hayas cometido demasiados errores: es que los has cometido todos. Supongo que se debe al cansancio, al estrés o como le llamen ahora. Es una advertencia que aconseja que te retires.

—¿Debo entender que han firmado mi sentencia?

—No te pongas melodramático. Es cierto que tu actitud nos ha causado problemas, pero siempre hemos confiado en ti. No eres un sicario al que se barre de un plumazo. Eres un profesional respetado y queremos que te retires de una manera digna.

—Conforme. ¿Qué debo hacer?

—Llegar hasta el final, pero solo. Ésta es la primera y última vez que nos vemos. El teléfono de contacto ya no existe y puedes contar con que no te volveré a llamar. Debes llegar hasta el final y en los términos acordados. Vas a cobrar tarifa doble, pero, insisto, queremos que lo hagas solo y pronto.

—Está bien. Acepto. Sin huelebraguetas, sin apoyo, solo. Acepto.

—¿Alguna pregunta antes de que nos despidamos?

—¿Por qué tengo que liquidarlo?

—¿Realmente te importa saberlo?

—Es mi último trabajo. Tómalo como la curiosidad de un jubilado.

—Por qué no. Bien. Víctor Mújica está jugando sucio con todo el mundo. Es un tipo hábil, inteligente, escurridizo y, sobre todo, está limpio de cualquier delito. Ese tipo no se ha saltado un semáforo en rojo en toda su vida y, sin embargo, tiene en jaque a varias sociedades que negocian con drogas en Estados Unidos. Ha montado un enorme tinglado que le permite proveerse en los mercados asiáticos y que ha he-

59

cho caer los precios. Esto no les gusta nada a los colombianos ni a los chicos de Miami, pero hasta ahora no han podido tocarle ni un pelo, y eso porque él se ha buscado la mejor de las protecciones.

—¿La DEA?

—Exacto. Moja a los de la DEA y éstos le cuidan como a un bebé. Y lo más curioso es que su mercancía, pese a ser barata, es de excelente calidad. El tipo es una especie de filántropo de las drogas, y por esa razón debes eliminarlo. ¿Estamos?

—¿De cuánto tiempo dispongo?

—De muy poco. Tienes una reserva en el Concorde de mañana, y en Nueva York te espera un boleto de la TWA para México D.F. La sorpresa que se llevó en Estambul desbarató todos sus planes y decidió regresar. Debes actuar antes de que reaccione.

—¿Quiénes eran los fiambres del bazar?

—Novatos. Matones al servicio de la DEA en Estambul. Te confundieron con un sicario enviado por los colombianos. Mújica te salvó porque pensó que eras su correo, el hombre que llevaba el dinero para pagar una remesa de heroína, y creyó que habías caído en manos de los sicarios. Todo un cúmulo de confusiones. Bueno, ya conoces toda la historia. Adiós y buena suerte, *killer*.

Lo vi alejarse con pasos cansados camino de la parada de taxis, subió a uno y la ciudad se lo tragó para siempre.

Permanecí sentado largo rato, pensando en que me enfrentaba a mi último trabajo. Qué diablos, me llegaba la hora del retiro, pero nunca sería uno de esos jubilados que matan el tedio en los parques alimentando sueños derrotados ni a esas detestables ratas con alas que otros llaman palomas.

Tenía una cuenta bastante bien surtida en un banco de Gran Caimán y siempre pensé que me retiraría del oficio a los cincuenta años. Todo el mundo hace proyectos para ese día. El mío era muy simple: una casa frente al mar de Bretaña, junto a mi minón francés, que me leería poemas incomprensibles mientras yo recitaba textos de boleros. Mierda. La jubilación me sorprendía solo como un náufrago. Mierda. Tenía que hacer algo para evitarlo.

Subí al Mercedes y empecé a dar vueltas por las avenidas que convergen en el Arco del Triunfo. Las más bellas putas de París se ofrecen allí como frutas maduras. Había negras, blancas, demasiado blancas, mulatas, vietnamitas, chinas, travestis de hombros atléticos, chicas con pinta de estudiantes de secretariado. De pronto vi a la que buscaba: chaparrita, con caderas firmes, cabello color castaño, tetitas duras, boca pequeña y roja.

—Sube —le ordené.

—Trescientos francos la hora —dijo acomodándose.

—Añádele un cero y nos amamos toda la noche.

—¿Eres un jeque o un sultán? ¿Me follarás en tu palacio?

—¿Te parece bien hacerlo en el hotel Lutécia?

—Creo que eres el rey Salomón y yo la reina de Saba.

—Sí, y estoy dispuesto a satisfacer todos los deseos de mi reina.

El recepcionista del hotel Lutécia miró con desconfianza la cortísima minifalda de mi acompañante. Mientras yo llenaba la ficha de registro, buscó palabras elegantes para una pregunta venenosa.

—¿El señor y la señora se registran juntos?

—El señor acaba de entregarle su documentación y la señorita está muy cansada. ¿Hay algún reglamento que impida que un padre y su hija se alojen en este hotel?

—De ninguna manera, señor, no quise importunarlo.

—Pero pensó que mi hija era una puta —repliqué.

—¡Por favor, nunca me atrevería a pensar algo semejante!

—Papi, en la *boutique* hay una blusa que me gusta mucho —insinuó la responsable de mi reciente paternidad.

—Pídela y que la carguen en la cuenta —dije entregándole la llave.

Mi acompañante tenía veintitrés años, comprobados en un carnet de identidad que la mostraba delgada y con el gesto sombrío de las chicas que han crecido en los suburbios. Un par de meses sometida a una cura de mimos podrían hacer de ella todo un minón. Tenía talento para eso. Cuando me preguntó si podíamos pedir unos sándwiches y yo, en cambio, encargué una langosta con salsa americana, se sentó en mis piernas para morderme las orejas sugiriéndome que no olvidara el champán.

A los diez minutos se había adueñado de la habitación y contemplaba feliz su cuerpo desnudo reproducido en todos los espejos. Cuando el camarero llamó a la puerta, ella recogió su ropa antes de desaparecer en el cuarto de baño. Tenía clase la chica. Ojalá algún tipo la convierta algún día en un minón.

—No has comido nada. ¿No tienes hambre? —preguntó con su boca pequeña y roja.

—No. Y la langosta no se come con hambre, se come con apetito.

—Claro. Los pobres comen con hambre y los ricos comen con apetito.

—¿De qué suburbio sales?

—De Créteil. Y el champán, ¿se bebe con sed?

Como amante era pésima. Apenas movía las caderas y sin otro objetivo que apurar al cliente, pero mentía bien simulando orgasmos acompañados de sensuales grititos.

—¿A qué te dedicas? —preguntó acariciándome los pelos del pecho.

—Me dedico a matar hombres. Soy un asesino. Un *killer*.

—¿Como Léon? ¿Has visto la película?

—Sí. Como Léon. Pero no soy tan cretino.

Se durmió abrazada a mi pecho, y entonces le hablé como si ella fuera mi chica. Le dije que la perdonaba, que después de cumplir con mi último encargo en México pasaría a buscarla y los dos regresaríamos para vivir junto al mar y alejados de la muerte.

La muerte y sus mariachis

Después de volar en el Concorde, dos veces más veloz que el sonido, el vuelo de Nueva York a México D.F. resultó tan monótono como un viaje en tren.

—¿Y bien? ¿Por dónde vas a empezar? —preguntó desde el espejo el tipo vestido con una cazadora igual que la mía.

—Voy a hacerme con un fierro —respondí.

—¿Una Browning cuarenta y cinco? —insistió.

—Los tiempos no están para exigencias. Pero conseguiré algo decente —le aseguré.

—Buena suerte, jubilado —me deseó el conocido.

—Dejo la maleta en consigna. Encárgate de ella —me despedí.

El taxista que me llevó del aeropuerto a la Zona Rosa era un profesional de los buenos consejos. Según él, debía practicar una vida de asceta, sin comer ni beber, porque el Gobierno había envenenado muchos alimentos y bebidas para que las gentes se preocuparan de otras cosas y dejaran de hablar de las devaluaciones.

—Es como en Inglaterra, jefe. Allá, para que dejaran de platicar sobre el príncipe Carlos, su amante lady Tampax, la flaca Diana y los principitos, la pinche vieja de la reina ordenó que volvieran locas a las vacas.

La Zona Rosa es como un supermercado de armas. Di un paseo observando la ferretería que llevaban los vigilantes jurados de varias empresas de seguridad. Me gustó el Colt treinta y ocho que asomaba de la cartuchera de un flaco a la salida de Sanborn's. Doblé cuidadosamente un billete de cien pesos y me acerqué a él.

—Disculpe, pero necesito ayuda —dije metiéndole el billete en un bolsillo de la camisa.

—Usted dirá, señor —respondió simulando no haber visto nada.

—En el baño hay un puto. Fui a mear y me tocó. Eso no se le hace a un macho. ¿Por qué no le da usted un buen susto?

—Órele. Vamos a correr al puto ése —dijo sacando pecho.

—Pero hay que hacerlo con discreción porque es hijo de un amigo y es, además, de muy buena familia. Yo voy primero, le hablo y al ratito llega usted y me lo asusta bien asustado.

—No se preocupe. Yo lo sigo. Vamos a ver al joven.

En el servicio de caballeros había dos hombres frente a los urinarios. Maldijeron cuando entré enseñándoles un cartelito que decía: «Limpieza de servicios. Rogamos disculpen las molestias».

Cuando terminaron de aliviarse y se fueron, colgué el cartelito en la puerta. Enseguida cerré las puertas de las cabinas y esperé. El vigilante jurado apareció a los pocos minutos.

—Se metió allí. Creo que está avergonzado —le dije señalando una de las puertas.

—Salga, joven. Salga, que no le pasará nada —aseguró el vigilante acercándose a la puerta.

Aproveché que estaba de espaldas para aplastarle la cabeza contra el tabique y rematé la faena con dos golpes en la nuca. Era bastante liviano y no me costó dejarlo sentado en una taza. Su Colt parecía impecable, y las doce balas de recambio pasaron rápidamente a mis bolsillos.

Armado, dejé la Zona Rosa y caminé hasta el Sanborn's de la avenida de los Insurgentes. No tenía ninguna razón especial para ir hasta ese lugar, pero recordé que una de las fotos mostraba al tipo al que tenía que cargarme pasando frente a la librería El Péndulo, muy cerca de allí, en la Colonia Condesa. Y recordé también que, en otra foto, aparecía en la puerta de una casa en cuyo dintel había un letrero del que sólo se leía la palabra «vida». Tomé una cerveza y esperé a que me asaltara una corazonada.

«Vida.» Colonia Condesa. ONG. Colonia Condesa, el barrio preferido de los artistas, intelectuales pequeño burgueses, progres y, ¿por qué no?, sede de una ONG cuyo nombre incluye la palabra «vida». Tenía que buscar una aguja color paja en un pajar.

En la avenida Baja California encontré un hotel con un nombre premonitorio: El Triunfo. Tomé una habitación y pedí prestada esa réplica de la enciclopedia Espasa que es la guía de teléfonos del D.F.

A las cinco de la mañana, después de beber litros de Coca-Cola, fumar cinco paquetes de cigarrillos y repasar los nombres de cientos de empresas y organizaciones que terminaban con la palabra «vida», encontré lo que buscaba: Instituto de la Vivienda Pro-Vida, Atlixco con Alfonso Reyes, Colonia Condesa. Mi cerebro se iluminó con el hallazgo y barajé las combinaciones que lo hacían coincidir con lo que yo sabía del tipo: Estambul, congreso, las grandes urbes,

Instituto de la Vivienda, el problema de las migraciones, Pro-Vida. «¡Bingo!», me oí decir mientras me ponía la cazadora y revisaba el tambor del Colt treinta y ocho.

El portal del hotel estaba cerrado con una gruesa cadena y me costó despertar al portero de noche.

—No, pos. No puedo dejarlo salir a esta hora. Es muy temprano y todavía andan sueltos los judiciales. Le van a robar hasta el alma. Mejor espere a que den las seis. Ándele, usted pone las cervezas y yo le convido a unas quesadillas preparadas por mi vieja.

Mientras abría una botella de Coronas, agradecí la prudencia de aquel hombre. Había olvidado que el D.F. es una ciudad que durante las horas de oscuridad pertenece a los delincuentes de la Policía Judicial. Bebimos y comimos sus quesadillas frías pero sabrosas, y con las primeras luces me lancé a las calles.

Reconocí la casa de inmediato. Era la misma que había visto en la fotografía. Sólo faltaba el tipo delante de la puerta. Frente a la casa, y separada por la rambla de Alfonso Reyes, había una iglesia. Por fortuna, los templos mexicanos abren temprano sus puertas a la clientela. Entré. Estaba casi vacía, de modo que no me fue difícil llegar hasta la puerta de las escaleras que llevan al campanario. Una espesa capa de polvo cubría los peldaños, señal de que nadie los había pisado desde hacía tiempo.

Poco a poco la calle se fue llenando de vida. Un quiosco de flores abrió sus colores a la mañana. Otro colgó periódicos y revistas. En la casa que tenía en mi punto de mira entró un muchacho y no volvió a salir. Más tarde entraron dos chicas que vi reaparecer media hora después. El cartero llamó, abrió el muchacho y recogió la correspondencia.

Las horas pasaron lentamente. Tenía toda mi atención concentrada en aquella casa, pero a ratos no lograba evitar imaginarme a mi minón paseando por la rambla. ¿Qué haría si la viera? ¿Bajaría para ir a su encuentro? ¿Estaría en el D.F., en Veracruz, o volando hacia París?

A las dos de la tarde se detuvo frente a la casa un repartidor de pizzas. Entregó tres cajas. Tres. Y yo solamente había visto entrar a un muchacho. ¿Quiénes eran los otros dos comensales?

Pasadas las cuatro de la tarde, luchaba contra el sueño, y agradecí el ronco rumor del cielo anunciando una tormenta que se acercaba por el norte. Las nubes negras oscurecieron rápidamente la calle y casi enseguida descargaron el aguacero. Vi salir al muchacho a la carrera. Entró en el supermercado de la esquina con Atlixco y a los pocos minutos salió con dos cartones de cigarrillos. Desde mi lugar de observación reconocí la caligrafía de la marca Chesterfield y volví a pensar en mi minón, porque de ésos fumaba.

A las ocho de la noche seguía lloviendo. Estaba empapado y tiritaba como un perro. Me mantenía despierto pasando las balas de un bolsillo a otro como si fueran las cuentas de un rosario. La puerta se abrió una vez más. De nuevo el muchacho. Cuando se disponía a cerrar la puerta tras de sí, dio media vuelta y, aunque yo no podía oír lo que decía, era obvio que hablaba con alguien que estaba dentro. Enseguida dio dos vueltas a la llave y echó a andar apresuradamente bajo la lluvia.

Decidí bajar y lo hice a tiempo, pues alcancé a impedir que un viejo cerrara las puertas de la iglesia.

—No lo había visto, señor. Por un pelito no se queda encerrado hasta mañana.

La tormenta arreció. No se veía un alma en

las calles y de pronto, tras una secuencia de relámpagos, se apagó el alumbrado público.

Me detuve frente a la casa. Empuñé el Colt en mi mano derecha, esperé al siguiente relámpago y me lancé contra la puerta.

La casa estaba a oscuras, salvo el fondo del pasillo, donde se veía brillar una tenue lucecilla. Pegado a las paredes, pasé ante dos cuartos que servían de oficina, luego por delante de una cocina. Eché atrás el martillo del Colt y, de una patada, abrí la última puerta.

Mi minón francés abrió muy grandes unos ojos bañados en llanto, quiso levantarse de la colchoneta en la que estaba sentada, pero, al ver el revólver, se limitó a abrir la boca pequeña y roja. La luz de una vela que iluminaba el cuarto se reflejaba en sus mejillas.

Junto a ella estaba mi encargo, pálido como una sábana y con el cuerpo sacudido por una tembladera. Sudaba a chorros. Aquel tipo tenía el Séptimo de Caballería cabalgando en sus venas. Me miró y cerró los ojos, dando a entender que comprendía la situación.

—A ella... no le hagas nada... Es una francesita... que se metió en esto sin saber nada —dijo el tipo.

—Quise volver, pero no podía dejarlo así.

72

Mira lo que han hecho con él —sollozó mi minón francés.

—¿Se conocen?... ¿Entonces, tú...? —El tipo no alcanzó a terminar la frase porque un calambre debido al mono le trabó la lengua.

—El mundo es pequeño, endemoniadamente pequeño —respondí.

—Él volvió ayer de un viaje —continuó, sollozando, mi minón francés—. Vine a despedirme, pero de pronto llegaron unos hombres y le inyectaron algo. Hay que llamar a un médico, pero no me deja hacerlo.

—Los de la DEA, ¿verdad?

—Hijos de puta... Creen que quise jugarles sucio en Estambul... Me metieron cinco dosis... ayer... como escarmiento...

—¿Qué es la DEA? ¿Por qué habláis como si os conocierais? No entiendo nada. ¡Nada! ¡Sácame de aquí! ¡Quiero volver a París, a mi casa! —chilló mi pobrecito minón francés.

—Bueno, ya sabes a qué he venido, pero antes quiero saber por qué lo haces. ¿Por qué metes droga buena y barata en Estados Unidos?

—Porque los odio... A los gringos hay..., hay que podrirlos... ¿Quieren heroína?... Pues yo se la doy... y casi gratis... Hay que podrirlos por dentro... Es la única salida que tenemos los latinoamericanos, ¿entiendes?... Por cada «espalda mojada»..., por cada mexicano... que humillan en su puta frontera..., yo..., yo pudro a varios de ellos, ¿entiendes?...

—Adiós, filántropo —dije acercándole el cañón a la boca.

La detonación fue seca y corta. Así ladran los Colts del treinta y ocho. Mi pobrecito minón francés temblaba con los ojos muy abiertos. La abracé maldiciendo las malditas trampas de la vida.

—Sácame de aquí... —gimió contra mi pecho.

—Seguro, mi amor —le susurré al oído antes de disparar bajo su precioso seno izquierdo.

Sí, es cierto, la amaba, pero en mi último trabajo no podía actuar de otra manera. Era un *killer*, y los profesionales no mezclan el trabajo con los sentimientos.

Antes de salir, fui hasta la cocina y abrí todas las llaves del gas.

Subía a un taxi en la avenida Tamaulipas cuando escuché la explosión.

—¿Qué fue eso, jefe? —preguntó el taxista.

—La tormenta. ¿Qué otra cosa puede ser?

—¿Le molesta la música?

—No. Déjela.

Acababa de descubrir que de la radio esca-

74

paban los versos de aquella ranchera que dice:

>... ella quiso quedarse
>cuando vio mi tristeza,
>pero ya estaba escrito
>que aquella noche
>perdiera su amor...

Yacaré

Un largo adiós

El mozo se acercó al grupo de ejecutivos sentados a la larga mesa y, con movimientos rápidos, precisos, forzados por los hábitos del patrón abstemio, cambió la copa de champán por otra de agua mineral.

Don Vittorio Brunni asintió con una leve inclinación de cabeza e intentó mascullar alguna fórmula de gratitud, pero no alcanzó a abrir la boca, pues en ese preciso instante el hombre que ocupaba una silla de ruedas se inclinó hacia él y le musitó algo al oído. Entonces don Vittorio Brunni paseó sus ojos cansados por los cristales oscuros que ocultaban la ceguera de su inválido compañero.

—Me estás mirando con miedo, puedo sentirlo, no seas estúpido, Vittorio —murmuró el ciego.

Don Vittorio desvió la vista dirigiéndola a los numerosos invitados que llenaban la sala.

Los ejecutivos de Marroquinerías Brunni daban la espalda a una estructura de aluminio y

79

cristal que servía de muro lateral a la amplia sala. Dos hojas medio abiertas precisamente detrás de ellos les permitían ser los únicos en recibir algo del aire húmedo de Milán. El resto de los presentes soportaba con estoicismo la elevada temperatura que generaban las lámparas halógenas y los focos de la televisión.

—Están esperando, Vittorio —musitó el inválido.

Don Vittorio Brunni alzó la copa y miró su contenido como si buscara en las burbujas las palabras necesarias, pero lo único que encontró en ellas fue el argumento de un largo adiós definitivo que no alcanzó a pronunciar, porque de sus labios no escapó ni una sílaba, ni siquiera de alarma o de dolor. Tan sólo se llevó la mano derecha a la nuca como para espantar un insecto inoportuno y se desplomó sobre las copas y los *tramessini* de salmón.

—¡Vittorio! —exclamó el ciego de la silla de ruedas, y el espeso aroma a agua de lavanda le informó de que el jefe de sus guardaespaldas lo sacaba de allí a toda velocidad.

El comisario Arpaia acomodó sus gafas de carey y se rascó la barba de tres días. En realidad, la barba no le crecía más, pese a su insistencia y a los litros de tónico capilar con que se bañaba la cara cada día.

«¿Por qué no prueba a beberlo, jefe?», solía sugerirle Pietro Chielli, el corpulento detective al que los colegas de la brigada criminal apodaban Il Bambino di Brooklyn.

«¿Y qué tal con tus clases de aeróbic?», respondía Arpaia con gesto benevolente.

La mujer que ocupaba el otro lado del escritorio era decididamente bella, y al comisario Arpaia le habría gustado conocerla en otro lugar, a la salida de un cine, por ejemplo, pero ahí la tenía, en su despacho de la brigada criminal, observándolo con sus inquisidores ojos verdes.

—¿Sabe que es muy apuesto para ser un simple comisario de policía? —comentó Ornella Brunni encendiendo un cigarrillo.

Arpaia se alzó de hombros, se avergonzó del letrero «Prohibido fumar» que colgaba detrás de su silla y se quitó las gafas.

—Señorita, con adulaciones no conseguirá nada, porque no hay nada que conseguir. Si me hace el favor de abandonar mi oficina, le prometo una vez más que la mantendré informada de cualquier novedad.

—Hace casi veinticuatro horas que mi padre

fue asesinado, y usted todavía no ha movido un dedo —le increpó Ornella Brunni.

—No tenemos el menor indicio de que se trate de un crimen. Estamos esperando los resultados de la autopsia para decidir qué actitud tomar. Por favor, váyase, que tengo muchos asuntos pendientes.

—No me interesa que encuentre al o a los asesinos. Quiero que se sepa por qué lo mataron —insistió la mujer.

—Lo que usted mande. Pero primero tenemos que conocer el resultado de la autopsia. No me obligue a sacarla de aquí por la fuerza —imploró el comisario Arpaia.

La mujer suspiró, aplastó la colilla con el pie y se levantó de la silla con movimientos felinos.

Arpaia también suspiró, pero no se movió del asiento.

Apenas Ornella Brunni cerró la puerta, el comisario Arpaia alargó la mano hacia el citófono.

—¿Chielli? Doble dosis, y pronto —ordenó.

A los pocos minutos, los ciento sesenta kilos del detective Pietro Chielli ocupaban todo el marco de la puerta. En la mano derecha llevaba una taza de café y, en la izquierda, un ejemplar del *Il Manifesto*.

—Esa chica nos dará guerra, jefe. Lea lo que ha escrito sobre el asesinato de su padre —dijo Chielli arrojando el periódico sobre el escritorio.

—Me lo sé de memoria —contestó Arpaia bebiéndose el café de un trago.

Chielli tomó la taza vacía y escudriñó con atención el fondo.

—Tendremos visitas, jefe, y del extranjero.

—¿Cómo lo sabes? ¿De qué diablos hablas?

—Lo dicen los restos del café. Una gitana me enseñó a leerlos. También puedo ver el futuro, ¿quiere saber algo de su porvenir?

—¡Ándate a la mierda con tus brujerías! —le soltó Arpaia, negándose a mirar el fondo de la taza, donde el poso premonitorio tal vez perfilara la imagen de Dany Contreras, quien, a menos de quinientos kilómetros de allí, miraba levitar los gruesos copos de nieve, arremolinados por el viento, que por momentos no le permitían ver nada más que una bruma movediza interponiéndose entre la ventana y la ciudad de Zurich.

Dany Contreras ocupaba un confortable despacho en el cuarto piso del edificio central de Seguros Helvética y se sentía a gusto allí, sobre todo en los fríos del invierno.

Contreras odiaba el frío, lo tomaba como una afrenta personal, porque sospechaba que las peores desgracias ocurren cuando hace frío. Su ex mujer, sin ir más lejos, había elegido precisamente un día de invierno para echarse un amante. Si lo hubiera hecho en verano, por ejemplo durante las vacaciones en Torremolinos, apenas habría tenido importancia, tan sólo habría formado parte de las reglas del juego estival, pero no, había tenido que hacerlo en enero. Cuando él le preguntó por qué, confiando en que ella le daría una respuesta sensata por muy hiriente que fuera, tuvo que contentarse con un inesperado «¡Es que hacía tanto frío!».

Contreras miró con cariño los blancos radiadores. Seguro que allá abajo el frío estaría tramando más de un triángulo Amante-Esposa friolera-Cornudo. Y es que Contreras también aborrecía el frío porque le recordaba la ciudad de Punta Arenas, muy al sur del mundo.

Hace quince años, un avión lo había desembarcado en Zurich sin pasaje de regreso. Un refugiado más en la nación de los bancos y la Cruz Roja. Pero su pasada experiencia chilena como policía de la brigada de homicidios y unos cursos en Interpol habían conseguido eximirlo de pasar a pertenecer a la categoría de los extranjeros con mala pinta, hasta que, un día, un iluminado burócrata de la Oficina del Trabajo consideró que su currículum podía interesar a Seguros Helvética. Y allí estaba, protegido por los radiadores, lejos de los escupitajos y meados que limpió durante dos años en la estación central de ferrocarriles de Zurich. Quería aquel despacho, pues en él se sentía a salvo de las humillaciones, y cuanto más nevaba, más cariño le tomaba.

La llamada del interfono lo alejó de la ventana.

—El señor Zoller desea verlo ahora mismo —dijo una voz.

George Zoller le señaló una silla mientras ordenaba papeles sobre el escritorio.

—¿Conoce Milán? No importa. Escúcheme bien, Contreras, le voy a contar una historia. En 1925 llegó a este valle de lágrimas un sujeto al que bautizaron Vittorio Brunni. Sus primeras cacas las hizo en una villa familiar valorada hoy en seis millones de francos, y me refiero a los nuestros, no a la calderilla francesa. En 1955 heredó el cincuenta por ciento de Marroquinerías Brunni, con un capital declarado de diez millones de francos. El resto se repartió entre sus hermanos, quienes, muy generosamente, le vendieron a lo largo de los años la parte que le correspondía a cada uno. La industria siempre ha marchado viento en popa, y en 1975 se asoció a partes iguales con Carlo Ciccarelli, otro magnate de las pieles, con lo que duplicaron el capital. Tres años más tarde, bendito sea el Hacedor, Marroquinerías Brunni contrató en Seguros Helvética un seguro que cubre todos los bienes de infraestructura y transportes. Las relaciones entre Marroquinerías Brunni y la casa que nos alimenta han sido en todo momento intachables, lo que se dice un modelo de corrección, pero (y ese pero no significa que hayamos tenido el menor contratiempo) sucede que, hace menos de cuatro meses, Vittorio Brunni contrató también un seguro de vida por un millón de francos. Lo curioso es que los beneficiarios no son los familiares, mujer e hija, nombrados herederos universales, sino cierta persona, domiciliada en algún lugar de El Pantanal, llamada Manaí, así, a secas, Manaí, de la que no sabemos nada, ni siquiera si es hombre o mujer. El contrato nos obliga, en caso de muerte natural o accidental, a encontrar a esa persona y regalarle un milloncete. Y colorín colorado... ¿Qué le parece?

—Extraño. ¿Por qué no incluyó a Manaí en su testamento? Eso le hubiera ahorrado el pago de las primas. Como sabemos, los millonarios no dilapidan por placer —reflexionó Contreras.

—Capricho, supongo. El informe económico,

el certificado de una salud de hierro y la acep-
tación de una cláusula que nos autoriza a exigir
una autopsia nos recomendaron aceptar. No hi-
cimos preguntas. Estamos en Suiza y nuestra
economía se nutre de la discreción; además, a un
cliente italiano siempre se le consiente beneficiar
a alguien bajo cuerda; no se puede criticar a los
mediterráneos por alguna aventurilla, mucho
menos a alguien que exporta anualmente varios
millones de francos.

—Pero algo no encaja y le quita a usted el
sueño.

—Así es, Contreras. Vittorio Brunni ha muerto, súbitamente. No sabemos de qué y, como es
lógico, hemos solicitado una autopsia. Estamos
a la espera de los resultados y cruzamos los dedos para que nos sea favorable. Contreras, usted,
yo, todos los investigadores privados vivimos de
la perversidad. ¿Me entiende?

—Me temo que sí.

—Me alegra que lo diga. Si conseguimos re-
tener ese millón, la casa nos premiará con un
diez por ciento, que se repartirá según las sacro-
santas leyes de la jerarquía... ¿Qué, Contreras,
nos echamos un coñac?... Usted y yo deseamos,
pues, comprobar que Vittorio Brunni fue asesinado.

—¿Y si no es así? —se atrevió a consultar Contreras.

—Entonces le regalaremos un salacot para que vaya en busca de esa aguja llamada Manaí por los más remotos parajes de El Pantanal.

Un ciego con una pistola

Apenas bajó del taxi, Dany Contreras sintió que el frío húmedo de Milán se le metía en los huesos. Pagó y, subiéndose el cuello del abrigo, se dirigió hasta la puerta de la villa. Aún no había llamado al timbre cuando dos mastines asomaron sus cabezotas por entre los barrotes de hierro forjado. Contreras retrocedió, invadido por una repentina ola de calor.

—*Angélico, Divino*, ¡quietos! —ordenó una voz, y los perros obedecieron.

El dueño de semejante autoridad era un tipo tan grande como un armario. En una mano sostenía un *walky-talky* y en la otra una escopeta de dos cañones.

—No es saludable llegar sin anunciarse. ¿Qué quiere? —dijo con sus mejores modales.

—Don Carlo Ciccarelli me espera.

El armario le preguntó su nombre, consultó por teléfono con alguien en el interior de la villa y enseguida abrió la puerta con un mando a distancia. Contreras dio un par de pasos sintiendo el gruñir receloso de los mastines.

—Sígame y no se aparte de mí —indicó el armario.

Avanzaron por un sendero flanqueado de árboles desnudos. En verano debía de ser una bella alameda, supuso Contreras, pero sus consideraciones estéticas quedaron interrumpidas al llegar a una explanada cubierta de césped. En medio de la explanada, y sentado en su silla de ruedas, estaba Carlo Ciccarelli. Cubría sus piernas una manta escocesa, unas gafas oscuras le tapaban los ojos y en las manos tenía una pistola Walter nueve milímetros.

—No se mueva —ordenó el armario.

Contreras se detuvo. Un hombre empezó a hacer girar la silla de ruedas con movimientos enérgicos mientras el inválido seguía empuñando el arma.

De pronto, otro hombre corrió unos veinte pasos y dejó una grabadora en el césped. Se alejó a la carrera y se acercó al inválido, cuya silla había dejado de girar. Una voz apenas audible provenía del magnetófono. El inválido movió levemente la cabeza, alzó el arma y apretó el gatillo. La voz enmudeció al tiempo que el aparato saltaba por los aires en mil pedazos.

—Ahora, sígame de nuevo —volvió a ordenar el armario.

Dany Contreras estrechó la mano huesuda y fría del inválido mientras el hombre que se hallaba junto a la silla guardaba la Walter en un estuche de piel.

—Contreras, chileno, cuarenta y cinco años, ex policía, habla alemán, francés e italiano. Pedí un informe sobre usted al saber que venía. Disculpe, pero un ciego debe tomar precauciones —aclaró Ciccarelli soltándole la mano.

—Dispara muy bien pese a la ceguera —comentó Contreras.

—Ya le he dicho que un ciego debe tomar precauciones. Venga, le mostraré el lugar donde murió el pobre Vittorio.

Contreras siguió al inválido hasta la puerta de la mansión, pero no entraron. Ahora el inválido conducía él mismo la silla de ruedas con gran seguridad y, bordeando los muros, lo llevó hasta la parte trasera de la casa. Allí estaba la gran pérgola de aluminio y cristal que a Contreras se le antojó un lugar estupendo para un restaurante de lujo.

—¿Le gusta? La diseñó un arquitecto local y es perfecta para exhibir nuestros productos. Cada año presentamos aquí los nuevos modelos de la firma. Es una verdadera pena lo de Vittorio —dijo el inválido.

—Y usted, ¿qué opina? ¿De qué murió el señor Brunni?

—Fatiga, estrés lo llaman ahora, cansancio. Vittorio trabajaba demasiado. La autopsia confirmará mi opinión, o dirá algo parecido.

—¿Por qué ordenó la autopsia? Suelen pedirla la fiscalía o entidades autorizadas, como nosotros, que ya la habíamos pedido.

—Para ahorrar tiempo. Sabía lo del seguro. Entre Vittorio y yo nunca hubo secretos. Ignoro de dónde le salió esa chifladura, pero, como no queremos arrojar ninguna sombra sobre el prestigio de la firma, la solicité. En pocas horas sabremos de qué murió mi socio, y así podremos darle cristiana sepultura. Mire, Contreras, ¿ve esa torre?

Contreras miró siguiendo la dirección que le indicaba la mano del inválido. A unos cincuenta metros, una alta torre se alzaba como un espectro gris en medio del paisaje invernal. Habían apuntalado la base con vigas de madera, pero, aun así, se notaba el latente cansancio de las piedras.

—Ahí se desmoronan más de dos mil años de historia. Primero fue la casa de un mercader, luego un templo romano, más tarde una iglesia católica, hasta que la bombardearon los aliados. Esa torre es mi orgullo.

El inválido dirigía los cristales oscuros de las gafas hacia las ruinas, y Contreras se preguntó si de verdad era ciego. Sintió deseos de pasar una mano por delante de las gafas, pero la presencia del guardaespaldas le hizo desistir de la idea.

—Nadie puede meter mano en esas ruinas. Sé que arriba hay todavía una campana, pero ahí se quedará hasta que el tiempo decida lo contrario. Esas ruinas son mi orgullo y mi capricho. Nadie debe tocarlas. Un día aparecieron unos cretinos del programa de conservación de monumentos y me ofrecieron ayuda para restaurarla, a mí, a Carlo Ciccarelli. Los mandé a freír espárragos. Esas ruinas son mi orgullo, no puedo verlas, pero tampoco yo puedo verme. He olvidado ya cómo soy y cómo son esas ruinas; sin embargo, sé que ellas y yo nos desmoronamos juntos carcomidos por el tiempo.

—El espejo de su decadencia. No se preocupe, todos estamos en decadencia —observó Contreras.

—Insolente y cruel. Me gusta, Contreras. Bueno, pronto sabremos que Vittorio murió de muerte natural, así que puede ir preparando las maletas para viajar a El Pantanal. ¿Sabe dónde está ese maldito lugar?

—No, pero lo encontraré —contestó Contreras—. ¿Quién es Manaí? Si entre usted y el difunto no había secretos, supongo que conoce al beneficiario, ¿no?

—Supone mal. No tengo ni la más remota idea. Y ahora lárguese, los viejos tenemos que dormir muchas horas.

Contreras salió de la villa con un confuso sabor de boca. Si todo era como aseguraba Ciccarelli, la compañía de seguros se ahorraría un millón de francos, pero el viejo policía que seguía habitando entre sus costillas le repetía que todo sucedía de manera demasiado fácil y simple.

Cuando el portal con barrotes se cerró tras él, Contreras se volvió hacia el armario, que seguía llevando su escopeta, y le pidió que llamara un taxi. El hombre, por toda respuesta, hizo un gesto de fastidio que incitó a los mastines a ladrar.

Unos buenos quinientos metros separaban la entrada de la villa del primer cruce de caminos. Maldiciendo la humedad que se le adhería al abrigo, Contreras echó a andar. Acababa de encender un cigarrillo cuando vio que un auto se detenía junto a él.

—¿Señor Contreras? —dijo el gordo que conducía y ocupaba casi todo el asiento delantero. A su lado iba un flaco con una barba de tres días.

—Sí, soy yo. ¿Qué desean? —respondió, alarmado.

—Policía —indicó el gordo mostrando su placa.

—Por favor, suba, lo llevaremos a su hotel —invitó con gentileza el comisario Arpaia.

Dany Contreras se acomodó en el asiento trasero y, tras rechazar el toscano que le ofrecía el detective Chielli, repitió su pregunta.

—Hablar con usted, nada más, y perdone si nuestro español es muy malo —se disculpó el comisario.

—Si se trata sólo de hablar, por mi parte no hay problema —dijo Contreras.

—¿Qué fue de Jorge Toro? ¡Gran delantero, el chileno! —exclamó el detective Chielli.

—¿No puedes olvidar el fútbol? Disculpe a mi colega —volvió a excusarse el comisario Arpaia.

—*Mea culpa.* Es que soy hincha del Módena. ¡Seis años jugó para nosotros! —indicó el entusiasta Chielli.

—Sé bueno y encárgate de conducir lentamente, sin complejo de Fittipaldi —sugirió el comisario.

—Los chilenos tuvieron un piloto de Fórmula Uno mejor que Fittipaldi; se llamaba Fioravanti. ¿Verdad, señor Contreras?

El comisario Arpaia se llevó las manos a la cabeza buscando un gesto solidario, y Contreras, conmovido, se lo brindó preguntándole de qué querían hablar con él.

—De la autopsia. ¿Por qué su compañía pidió una autopsia tan apresuradamente?

—Cuestión de rutina. Pero el muerto está ahora en manos del forense que trabaja para Carlo Ciccarelli.

Mientras el detective Chielli iba insultando a los conductores, Arpaia y Contreras iban descubriendo que sus intereses en el caso eran antagónicos: por fidelidad a la aseguradora, el investigador de Seguros Helvética deseaba un asesinato y, por evidente comodidad, el policía se inclinaba por la muerte natural. Sin embargo, su común olfato de sabuesos les decía que aquel rompecabezas tenía demasiadas piezas sueltas.

Ya en el centro de Milán, Contreras pidió que lo dejaran cerca del Duomo. Deseaba caminar un poco y meditar antes de visitar al forense.

—Manténgame informado. No olvide que estamos en la misma nave —le recordó Arpaia al despedirse.

—Chile, campeonato mundial de fútbol de 1962. Su país fue finalista, tercer lugar. La selección chilena marcó diecisiete goles, once de los cuales fueron de Jorge Toro —señaló en tono didáctico el deportista Chielli.

Contreras caminó apresuradamente las diez cuadras que separan el Duomo del hotel Manin. La humedad de Milán se tornaba cada vez más fría y el gris del cielo parecía presagiar desenlaces hasta el momento imprevisibles.

Pidió las llaves en recepción y, junto a la tarjeta magnética, le entregaron un sobre cerrado que decidió abrir en el bar frente a un vaso de Jack Daniel's.

La misiva, escrita en una hoja con membrete del hotel, era breve, pero aquellos trazos seguros, levemente inclinados hacia la derecha, delataban una mano voluntariosa.

«Estoy en su habitación, de modo que no se sorprenda al ver a una extraña en sus dominios.
»Ornella Brunni.»

Dany Contreras dobló en cuatro la nota, la hizo desaparecer en un bolsillo y se dirigió al ascensor. Iba a entrar en la jaula, cuando el recepcionista le avisó de que tenía una llamada.

—Tengo el resultado de la autopsia —dijo el comisario Arpaia.

—Y es malo para mí —comentó Contreras.

—Así es. Paralización súbita de las funciones vitales. Se la conoce también como muerte súbita, y suele producirse en los recién nacidos. Fue un placer conocerlo, señor Contreras.

—¿Cuándo será el funeral?

—Dentro de unas horas. Ya está todo dispuesto en el panteón familiar.

—Comisario, ¿no le parece que todo esto va demasiado rápido?

—¿Y qué? Así es la vida moderna. Se vive y se muere a la velocidad del sonido —dijo Arpaia con un tono que delataba su incredulidad.

El paso del tigre

Ornella Brunni medía algo más de un metro setenta; su bien formado cuerpo, enfundado en unos ceñidos vaqueros y una blusa con reminiscencias hippies, evocaba el de un Modigliani pintado por Andy Warhol. Estaba tendida en la cama, con el televisor encendido, y las imágenes de un programa sobre conservación de los bosques aumentaban el brillo de sus ojos verdes. Había colocado una cazadora de piel marrón debajo de los pies para no ensuciar el cubrecama con sus botas de alpinista.

—¿Siempre se hace invitar así? —saludó Contreras.

—Disculpe, pero debo hablar con usted, y a solas —se excusó la mujer sentándose en el borde de la cama.

—¿Sabe que se viste muy mal para ser una mujer que acaba de heredar una fortuna?

—De ese sucio dinero no tocaré ni una lira. Se lo pueden meter en el culo —declaró la mujer

99

mientras buscaba un paquete de cigarrillos en la cazadora.

—¿De eso quería hablarme?

—No. Quería decirle que a mi padre lo mataron, pero no fue un asesinato; fue, digamos, una ejecución, un acto de justicia que tarde o temprano había de llegar.

—El resultado de la autopsia es muy claro. Muerte súbita. A veces las verdades llegan también así, súbitamente.

—Me cago en la autopsia. Escuche: hace un año, en Asunción, un hombre llamado Michael Schiller murió de la misma manera y, hace unos seis meses, en Barcelona murió del mismo modo Joan Estévez. Y esos dos hombres trabajaban para mi padre, para Marroquinerías Brunni.

Contreras fue hasta el minibar y sacó dos botellines de whisky. Le lanzó uno a Ornella.

—Siga —dijo desenroscando el tapón.

—Schiller era un traficante de pieles al servicio de mi padre y Estévez se encargaba de organizar los transportes a Europa. Nuestra empresa es la mayor exportadora mundial de artículos confeccionados con piel de cocodrilo o caimán, y, según los papeles de importación, las pieles provienen de Egipto o Cuba, pero es mentira. Hace unos años, el socio de mi padre descubrió

100

que podían obtener las pieles casi gratis en el Mato Grosso.

—Querrá decir en El Pantanal —apuntó Contreras.

—¿Cómo lo sabe? —inquirió Ornella apurando el botellín.

—No sé nada, simplemente ato cabos. Su padre contrató un seguro de vida que beneficia a cierta persona domiciliada en El Pantanal. Eso, siempre que su muerte se debiera a causas naturales o a un accidente. Por este motivo estoy aquí, para determinar si pagamos o no.

—Dígame el nombre de esa persona.

—Manaí. Así, a secas, Manaí.

Ornella Brunni se llevó las manos a la cabeza. En su gesto había una mezcla de satisfacción y desamparo.

—¿Sabe quién es Manaí? —preguntó sin apartar las manos de la cabeza.

—No. Y me ayudaría mucho si usted me lo dijera.

—Manaí es el último gran brujo de los anaré.

—¿Un brujo? ¿Y quiénes son los anaré?

—Una tribu de El Pantanal. Una de las últimas tribus que han evitado el contacto con los hombres blancos. ¡Pobres anaré!

—De acuerdo. Creo que tenemos que hablar

largo y tendido, pero supongo que ni usted ni yo queremos perdernos el funeral de su padre —dijo Contreras alcanzándole la cazadora.

En la fría niebla del ocaso milanés, una docena de personas despedía a Vittorio Brunni. La ceremonia fue breve. Contreras vio al inválido junto a la viuda y, a una distancia prudencial, a la pareja formada por el comisario Arpaia y el detective Chielli. Ornella permaneció alejada del grupo, con las manos en los bolsillos de la cazadora.

Los de la funeraria depositaron el ataúd con los restos de Vittorio Brunni en medio del panteón y cerraron la puerta. De pronto, Contreras percibió que uno de los guardaespaldas se inclinaba hacia el inválido para decirle algo al oído y que éste dirigía el brillo de sus gafas oscuras hacia Ornella.

Contreras se puso un cigarrillo entre los labios, y una mano le ofreció fuego. Era el detective Chielli.

—Hace bastante frío en Milán, y la humedad lo empeora —comentó el gordo.

—Chielli, ¿ha venido a hablarme del tiempo?

—No. Queremos invitarle a una grappa que

102

llevamos en el auto para estos casos de urgencia. Grappa Nonino. ¿La ha probado alguna vez?

Contreras siguió a Chielli hasta el auto, estacionado en uno de los senderos que conducían al panteón de los Brunni. Allí Arpaia le ofreció un vasito de plástico.

—Beba, que le sentará bien con este tiempo de mierda —dijo el comisario.

Aquella grappa era una delicia y Contreras dejó que bajara lentamente por su garganta.

—Lo vimos llegar bien acompañado.

—La chica asegura que su padre fue asesinado, aunque ella prefiere decir ejecutado. Salud.

—Ornella Brunni es una hija de papá, una niña rica que se ha metido en todos los movimientos habidos y por haber; simpatizante de las Brigadas Rojas, de los presos políticos, de los ecologistas, de los que hacen huelgas de hambre, de los que organizan marchas tanto en favor de la dignidad gay como de los sandinistas... ¿Le ha dicho que su padre era un cerdo capitalista y que fue ejecutado por alguna vanguardia proletaria? —ironizó Arpaia.

—No, pero hay un brujo por medio.

Arpaia se llevó las manos a la cabeza, luego a la barba de tres días que hacía meses que no

103

se afeitaba, Chielli rió socarronamente y Contreras no supo qué añadir.

Ornella Brunni y Dany Contreras cenaron en el comedor del Manin. La chica apenas tocó su plato, pero a la hora del café Contreras sabía bastante más de Vittorio Brunni, de Manaí y de los anaré.

Hace unos años, Michael Schiller, un aventurero sin escrúpulos, apareció en Milán invitado por Carlo Ciccarelli para proponer a Vittorio Brunni lo que él llamaba una reducción en los costes de la materia prima. En El Pantanal había miles de yacarés, pequeños caimanes que pueblan ríos, manglares y pantanos. Esta especie estaba protegida, y los había en grandes cantidades. Además, al parecer, el tal Schiller estaba muy bien relacionado con personas que colaborarían haciendo la vista gorda. Los números no mienten y, en efecto, lo que proponía Schiller reducía notablemente los costes. Ahí es donde intervenía Joan Estévez: él introduciría las pieles en Europa por Barcelona y facilitaría la adulteración de los documentos de origen, con lo que las pieles de yacaré podrían penetrar en Italia como si provinieran de los criaderos de cocodrilos y caimanes de Egipto o Cuba. Lo único que restaba por hacer era organizar batidas de caza en El Pantanal, y Schiller sabía mucho de eso. Lo que no mencionó el aventurero era que los cazadores debían internarse en el territorio de los anaré, indios que vivían de aquellos reptiles y que los veneraban como principio y fin de la vida.

—Hace poco más de dos años, mi padre viajó a El Pantanal, invitado por Schiller, para participar en una batida de caza y regresó totalmente cambiado. Había perdido su acostumbrada locuacidad, poco a poco fue cediendo la dirección de la industria a Carlo Ciccarelli y, ante la impotencia de la familia, acabó convirtiéndose en una especie de autista. Tenía miedo. Dormía poco y mal, y a veces se despertaba gritando ese extraño nombre: Manaí.

La apresurada entrada del detective Pietro Chielli en el comedor interrumpió a Ornella.

—Venga, señor Contreras, el comisario lo espera en el auto.

Salieron a la calle. Arpaia lo invitó a compartir el asiento trasero. Chielli colocó el hongo azul en el techo del vehículo y partieron a gran velocidad.

—¿Adónde vamos? —se atrevió a preguntar

Contreras, maldiciéndose por no haberse echado el abrigo sobre los hombros.

—A la villa de los Ciccarelli. Al parecer han intentado matarlo —contestó el comisario.

Esta vez el armario de la escopeta actuó con inusitada gentileza; les abrió enseguida el portal y corrió luego tras el auto. Al entrar en la propiedad, vieron a varios guardaespaldas y empleados que recorrían el enorme jardín provistos de linternas.

Ciccarelli los esperaba sentado en un sillón de alto respaldo. Parecía un monarca inválido que no pudiera contemplar su reino.

—Comisario Arpaia, su agua de colonia es inconfundible; detective Chielli, sus toscanos apestan; y Contreras, sí, Contreras, reconozco su olor; espere, hay otro más, sí, alguien ha estado con la putita ésa, con la hija de Vittorio —saludó el inválido agitando la nariz bajo las gafas oscuras.

—Gran demostración olfativa, *dottore*. ¿Qué ha ocurrido? —preguntó el comisario.

—Esto —dijo el inválido arrojando a los pies de los recién llegados un grueso libro abierto.

Era una edición en braille de *La divina comedia*. En una de sus páginas, justo entre los relieves que permitían leer al tacto «*buon tetragono*

106

ai colpi di fortuna», se había incrustado un dardo diminuto cuya punta teñía de marrón el papel.

—Estaba aquí mismo leyendo, sí, leyendo con los dedos, cuando de pronto sentí que por la ventana abierta no entraba más que silencio. Me volví y en ese momento noté que algo golpeaba el libro. ¿Qué diablos es eso?

—Un dardo, un dardo de El Pantanal —dijo Contreras.

—¡Imbécil! Comisario, se lo he preguntado a usted.

—Es un dardo, *dottore* —contestó Arpaia—. Tendré que llevarme el libro para que lo analicen en el laboratorio.

Contreras salió al jardín. Unos focos de luz bañaban la torre en ruinas. Los guardaespaldas y empleados, que buscaban con sus linternas sin saber el qué, parecían nerviosos. No cabía duda de que alguien había entrado en la villa, y sin embargo nadie había visto a ningún intruso. Los perros no habían ladrado, pero en el aire quedaba el olor de una amenaza, el sigilo mortal que acompaña al paso del tigre.

Cuando el comisario Arpaia y el detective Chielli salieron de la casa, se oyó la sirena de un auto de la policía que se acercaba. En él venían los carabineros que protegerían a Carlo Ciccarelli.

107

—¿De dónde diablos saca que es un dardo de El Pantanal? —preguntó Arpaia con el libro envuelto en una bolsa de plástico.

—Sé poco, pero ato cabos. Comisario, creo que tiene tres homicidios y un intento de homicidio entre sus manos.

—¡La santísima trinidad! —exclamó el detective Chielli.

—Sí, pero en este caso no se trata de Tito Foulloux, Jorge Toro y Leonel Sánchez, la trinidad del fútbol chileno... Comisario, estoy seguro de que, si pidiera la autopsia de los cadáveres de un tal Michael Schiller, muerto en Asunción, y de un tipo llamado Joan Estévez, muerto en Barcelona, descubriría que fueron asesinados de la misma manera que don Vittorio Brunni, de cuyos restos pediré yo otra autopsia.

El comisario le escuchaba mirando el libro abierto. De pronto, quitó la bolsa de plástico y acercó los ojos. El dardo había desaparecido. Ahora, sobre la mancha marrón se veía otra, transparente, como una baba.

—No creo en brujos, pero haberlos, haylos —comentó Contreras.

Los mastines, nerviosos, empezaron a aullar. Tal vez el intruso todavía estuviera allí.

Mano a mano

Un delicado rayo de sol atravesando la niebla
indicó que amanecía sobre Milán. Contreras
abrió la ventana, y el cuerpo de Ornella Brunni
se estremeció bajo las sábanas. Había sido una
noche larga. La chica había llamado a su puerta
hacia las dos de la madrugada, justo cuando
Contreras terminaba de hablar por teléfono con
el detective Chielli.

—Usted me gusta, chileno, de verdad me
gusta —decía Chielli.

—Me encantan las declaraciones de amor
—respondió Contreras.

—Me enloquece su humor. Bromas aparte,
parece que tiene razón. Los del laboratorio
encontraron curare en el libro, y el dardo desa-
pareció porque estaba hecho de telaraña y resina.
La humedad de la bolsa de plástico lo deshizo.
¿Entiende?

—Curare. Un veneno que produce parálisis
muscular. Todos los músculos dejan de funcio-

nar, ergo, muerte súbita. ¿Sabe el comisario que me está contando un secreto del sumario?

—Sí. Arpaia quiso decírselo, pero es tan tímido como su barba. En cambio yo..., usted ya me entiende, un tipo tan voluminoso como yo no puede ir de tímido por la vida.

—¿Y le importaría decirme por qué me cuenta todo esto?

—Porque el comisario y yo creemos que hay algo muy podrido detrás de la muerte de Brunni y de los otros dos tipos. ¡Qué diablos!, nos gusta el oficio y queremos llegar hasta el final.

—De acuerdo. Nos echaremos una mano mutuamente —aseguró Contreras antes de colgar.

Abrió la puerta creyendo que le traían algún mensaje, pero se encontró con la mirada verde de Ornella Brunni.

—Di un paseo, fui a casa, sentí miedo y aquí estoy —dijo, arrojando la cazadora en una silla.

—Está bien, puede dormir en el sofá —rezongó Contreras.

—Estoy acostumbrada a dormir en camas anchas —insinuó la mujer.

—Peor para mí —aceptó Contreras llevándose una almohada.

Se tendieron, ella en la cama y él en el sofá. Así permanecieron largos minutos, sin otro lenguaje que el producido por el aspirar de los cigarrillos.

—Ya sabe cómo mataron a mi padre, ¿verdad? —rompió el silencio Ornella.

—No, pero supongo que la nueva autopsia encontrará en su cuerpo restos de curare, telaraña y resina.

—Manaí. Él fue. El gran brujo Manaí.

—Vamos, Ornella. Usted es una mujer inteligente. No creerá que un brujo es capaz de soplar en una cerbatana desde el otro lado del mundo y acertarle a su padre en la nuca.

—Mi padre tenía miedo de Manaí. Repetía su nombre en sus pesadillas. Ignoro cómo lo habrá hecho el brujo, pero lo hizo. El gran Vittorio Brunni trató de comprar su vida con ese seguro a nombre de Manaí, pero el brujo no se dejó sobornar.

—Ornella, yo trabajo con hechos demostrables. Mi misión consiste en demostrar que fue asesinado; lo que ocurra con el culpable no me interesa.

—Le hablaré de un hecho demostrable: Guido Vincenzo era un joven antropólogo que investigaba las culturas de El Pantanal. Un día publicó un artículo en el que denunciaba el exterminio de los anaré, y entre los responsables citaba a las

111

autoridades brasileñas y paraguayas, pero también a una industria italiana llamada Marroquinerías Brunni. Un mes más tarde, Guido apareció en el fondo del mar. Manejaba borracho cuando se precipitó por un barranco con su vehículo. Lo curioso es que Guido no bebía, no podía beber, porque era diabético.

—¿Tiene una copia de ese artículo?

Ornella se incorporó, fue hasta su cazadora y le entregó varios folios fotocopiados. Contreras empezó a leer.

El artículo decía que los anaré son indios de muy baja estatura, por lo que a veces los confunden con los pigmeos que habitan más al norte, en las regiones preamazónicas. Son nómadas que se desplazan en un territorio de unos dos millones de hectáreas y que viven casi exclusivamente de los huevos y de la carne del yacaré. Hablan una lengua con muchas palabras prestadas del guaraní y su mitología está impregnada de la presencia del yacaré.

Hasta unos tres años antes de la publicación del artículo, evitaron cualquier contacto con el hombre blanco, pero unos cazadores de yacarés, al mando de un alemán llamado Schiller, habían invadido su territorio, aniquilando a los indios que intentaban trasladar las crías de yacaré hacia el interior del bajo Mato Grosso para ponerlas a salvo. Acababa el artículo diciendo que el mencionado alemán se declaraba agente de compras de Marroquinerías Brunni, lo cual ponía en evidencia la complicidad de esa empresa en el exterminio de los indios.

Contreras terminó de leer, quiso decir algo, pero descubrió que Ornella dormía plácidamente. Con delicadeza la tapó y luego se tendió en el sofá hasta el día siguiente.

El teléfono sobresaltó a Ornella Brunni.

—¿Señor Contreras? Soy Carlo Ciccarelli. Anoche me comporté groseramente con usted. Venga a desayunar conmigo, porque quiero que hablemos de hombre a hombre. En diez minutos pasan a recogerlo —dijo el inválido y colgó.

—¿Qué hora es? —bostezó Ornella.

—Hora de marcharme. Siga durmiendo. Le prometo que volveré antes del mediodía.

Carlo Ciccarelli lo recibió en el amplio comedor de la mansión. Le alargó una mano huesuda al tiempo que agitaba la nariz bajo las gafas oscuras.

—Vaya, huelo que pasó la noche con Ornella. ¿Cómo se porta en la cama esa putita? ¿Fornica con *El capital* bajo la almohada?

—Es fabulosa, le gusta follar de pie. Usted no tiene la menor posibilidad de comprobarlo.

—No se pase, Contreras. Basta una orden mía para que lo saquen de aquí a patadas.

—No lo dudo, porque usted mismo jamás podría hacerlo.

Carlo Ciccarelli soltó una estruendosa carcajada. Chasqueó los dedos y un mozo le acercó una caja de habanos.

—Sírvase. Son legítimos de Vuelta Abajo.

—No, gracias. Soy fiel a los Condal.

—Me gusta usted, Contreras. Es insolente y cruel. Los idiotas creen que la insolencia y la crueldad son defectos, cuando en realidad son virtudes. ¿Qué sabe de la vinculación de Marroquinerías Brunni con los indios de El Pantanal?

—Todo.

—Me lo imaginaba. Ornella está empeñada en hundirnos. ¿Qué piensa hacer con lo que sabe?

—Nada. Sé de importaciones fraudulentas, de violación de leyes internacionales, de sobornos, crímenes, pero todo eso es el pan de cada día y el chantaje no es una de mis especialidades. ¿Lo decepciono?

—Al contrario. Me demuestra que no es un idiota. Respeto a los hombres que conocen sus limitaciones. ¿Quién trató de matarme anoche?

114

—¿Cómo podría saberlo?

—Ornella lo sabe y seguramente se lo habrá dicho. Es el mismo que mató a Vittorio, a Schiller y al infeliz de Estévez. Maldita sea. Lo reconozco, y qué más da si el resultado de la nueva autopsia impide que sigamos ocultándolo todo. Pero hay algo que no debe olvidar, Contreras: su compañía de seguros también está metida en eso, ya que aceptó cubrir un seguro por contrabando de pieles, de manera que cualquier escándalo salpicará también a los suizos.

—¿Y qué sugiere?

—Traiga a Ornella y convénzala. Ella es la única que puede detener a ese tipo. Prométale lo que quiera, dinero, que lo sacaremos del país sano y salvo, lo que quiera.

Contreras se dio cuenta de que Carlo Ciccarelli había perdido todo su aplomo. Estaba muerto de miedo, porque el extraño visitante debía de encontrarse todavía en algún rincón de la villa. Así lo indicaba el continuo aullido de los mastines en el jardín y el inquieto ajetreo de los guardaespaldas, que no dejaban de moverse entre los árboles.

—Manaí está ahí fuera y usted está cagado de miedo, ¿no es así?

—No sea estúpido. Manaí no existe. Fue una

invención mía para sacarme de encima a Vittorio. Cuando supo lo de la matanza de indios, se indignó y voló a El Pantanal para detener el negocio. Era un cobarde, así que, para asustarlo, Schiller y yo le engañamos. No fue difícil. Le acompañaba su mujer, y a ella le metimos en la comida una pócima, no mortal, pero que le produjo dolores atroces. En Asunción la visitaron docenas de médicos, todos sobornados, que se declararon incapaces de luchar contra la magia de Manaí, el gran brujo de los anaré. Cuando ya no pudo soportar los aullidos de dolor de su mujer, Vittorio pidió que lo llevaran en presencia del brujo. Lo demás puede imaginárselo perfectamente. El brujo (por cierto, muy buen actor) le exigió abandonar el negocio, Vittorio obedeció, su mujer se curó, pero el miedo se le metió en la sangre y le hizo contraer ese ridículo seguro de vida. ¡Maldita sea! Lo teníamos todo controlado hasta que empezaron esas muertes.

Carlo Ciccarelli fue bajando el tono. Luego, para serenarse, empezó una perorata en la que describía con frialdad estadística las actividades de Marroquinerías Brunni en El Pantanal. En territorio paraguayo empezaron a escasear los yacarés porque los indios trasladaban cientos de crías hacia el bajo Mato Grosso brasileño, de modo que acordaron darles un escarmiento. Mataron a unos cuantos, pero no contaron con la ira de los cazadores, que vieron disminuir sus ingresos, ni con la bronca de los militares brasileños y paraguayos, que dejaron de recibir sus comisiones: descargaron toda esa ira y esa bronca sobre los anaré.

—Somos una gran empresa, Contreras. Sobre la mesa hay una carpeta hecha con piel de yacaré joven. Para hacer una carpeta así, que en el mercado supera los mil dólares, se necesitan entre quince y veinte animales. ¿Que matamos unos cuantos animales protegidos? Sí, es cierto, pero ¿cuánto dinero de nuestros impuestos destinamos a ayudar a esos indios piojosos? ¡Millones, Contreras, millones! Porque el capital no sólo sirve para comprar materia prima; también se invierte en certificados de inocencia, en diplomas de buenas intenciones. No pretendíamos liquidar a todos los indios, pero Italia, Europa entera, está llena de degenerados que quieren arruinarnos. ¡Han llegado hasta el Parlamento! Son unos desalmados que arrojan pintura sobre las mujeres que visten pieles. Un intelectualillo escribió un artículo denunciándonos por exterminar a los indios, pero ningún desgraciado menciona que producimos riqueza, que generamos miles de puestos de trabajo.

—Su patriotismo me tiene sin cuidado. Dígaselo más bien al comisario Arpaia —zanjó Contreras.

—¿Al comisario? ¿Qué piensa hacer él?

—Llámelo y verá, ¿o prefiere un dardo en la nuca?

El comisario Arpaia y el detective Chielli no tardaron en presentarse. La policía italiana y el investigador privado iban a trabajar juntos, mano a mano.

—Usted dirá, Contreras —saludó el comisario y, tras hablar con Contreras, ordenó—: Chielli, encárgate de que desalojen la villa. Sólo el *dottore* Ciccarelli podrá quedarse.

—Necesito además un helicóptero de la policía —añadió Contreras.

—¡Eso está hecho! —exclamó el detective Chielli mordisqueando un toscano.

En las gafas oscuras del inválido se reflejaban el cielo gris de Milán y el estupor que derrotaba su senil arrogancia.

El cazador solitario

—Supongo que el detective se quedará abajo, ¿no? —murmuró el piloto del helicóptero.

Chielli lo miró con expresión despectiva y, moviendo el toscano que le colgaba de la boca, dio media vuelta ofreciéndole la parte trasera de su anatomía. Enseguida se dirigió hacia la torre en ruinas. Contreras le señalaba algo en el suelo a Arpaia.

—Es más que una corazonada, comisario. La primera vez que vine, vi esos restos de pájaros y los atribuí a los perros o a la escopeta del portero. Luego, al fijarme en la torre, me asombró no ver ninguna lagartija. En los muros de la casa se ven algunas, pero aquí no. ¿Una ruina sin lagartijas?

—Es imposible trepar a esa torre sin una escalera —comentó Arpaia.

—Para nosotros tal vez sí. Pero un individuo que ha aprendido a trepar a los árboles antes que a caminar puede ser ágil como un gato, por

119

muy adulto que sea. Está allá arriba, se lo aseguro.

Chielli avisó que el helicóptero estaba preparado y se quejó de que, como siempre, a él lo marginaran de la diversión.

Giraron las aspas, el helicóptero empezó a alzarse y los arbustos quedaron como aplastados en el suelo. Contreras, sujeto al cable que lo levantaba por las axilas, sintió que sus pies se alejaban del césped.

Tal como le indicaran al piloto, el helicóptero alzó a Contreras a varios metros por encima de la torre. A una señal suya, lo acercaron hasta que sus pies tocaron de nuevo suelo firme. Contreras se liberó del cable y con un gesto ordenó al helicóptero que se alejara.

Allí estaba el cazador. Aunque se hallara sentado, con la cabeza y la espalda cubiertas con una piel de yacaré, se intuía fácilmente que no era más alto que un niño de diez años. Junto a él había una corta cerbatana, dos cuencos de barro, telarañas apelmazadas, una bola de resina y restos de pájaros y lagartijas. A su alrededor, un círculo de piedras de colores e insectos tornasolados convertía su lugar de descanso en una especie de diminuta atalaya. Allí estaba, con las piernas cruzadas y la mirada ausente, el cazador

120

solitario. Parecía ajeno a aquellos árboles para él inútiles y a aquellos hombres capaces de desafiar la noche sin la protección de talismanes.

Contreras se acercó con cautela y dio una vuelta alrededor de aquella figura hasta detenerse frente a él. Entonces se acuclilló. Bajo la mandíbula del yacaré que cubría la cabeza del cazador vio un rostro de edad indefinida, con los pómulos adornados con tres filas de lunares rojos. Tenía los ojos abiertos, pero un barniz sin brillo nublaba sus pupilas.

El investigador alargó una mano y le tocó un hombro. Bastó para que el hombrecillo se desplomara. Contreras le puso una mano en la frente. El cazador ardía de fiebre.

Cuando el helicóptero estaba a punto de dejar la camilla que transportaba al cazador en manos de los sanitarios que esperaban abajo, un grito del detective Chielli obligó a todos a volver la cabeza. A escasos metros y sentado en su silla de ruedas, Carlo Ciccarelli esgrimía una Walter nueve milímetros buscando un blanco que no veía, pero que se reflejaba en sus negras gafas de ciego.

El manotazo de Chielli le hizo crujir los huesos del brazo y la pistola cayó en el césped.

—¡Bestia! ¡Iba a hacer justicia, iba a vengar a mi socio!

Dos carabineros terminaron llevándose al colérico inválido.

—Es un cuadro clínico complicado. Además de una pulmonía, padece una aguda desnutrición acompañada de deshidratación. No podemos administrarle más que suero, porque ignoramos si su organismo resistiría algún tipo de antibiótico. No cabe duda de que es un hombre adulto, pero nos gustaría saber su edad —informó el doctor Cacucci, de la unidad de cuidados intensivos.

En la cama, con el rostro semicubierto por la máscara de oxígeno y la aguja del suero clavada en un brazo, el cazador solitario parecía aún más pequeño. Arpaia y Chielli lo miraban en silencio.

—Voy a hacer una llamada. Estaré en el pasillo —dijo Contreras.

Marcó el número del hotel Manin y pidió que le pusieran con su habitación. Ornella estaba todavía allí.

—¡Pensé que se había cansado de mí! —exclamó al reconocer la voz de Contreras.

—Todavía no, y de usted depende que eso no ocurra jamás. Escuche con atención; además del antropólogo asesinado, ¿conoce a alguien más que sepa de los anaré?

—Sí, conozco a una persona que sabe de ellos.

—Bien. Venga con ella al hospital, a la unidad de cuidados intensivos.

—¿Por qué? ¿Ha ocurrido algo?

—No me canse, Ornella —dijo Contreras, y colgó.

Mientras esperaban, Arpaia y Contreras se aguantaban las ganas de fumar observando el paseo frenético del detective Chielli. Éste desplazaba su humanidad de un extremo a otro del pasillo con grandes zancadas, el toscano apagado colgándole de la boca. A ratos se contaba los dedos, como cerciorándose de que eran realmente diez, o se jalaba las orejas para comprobar que todavía las llevaba pegadas a la cabeza.

—¿Siempre es así? —consultó Contreras.

—A veces es peor, pero es un buen tipo —respondió Arpaia.

—¿Qué le pasa? ¿Está nervioso? —insistió Contreras.

—Creo que está pensando. Cada uno lo hace lo mejor que puede —sentenció Arpaia.

El detective Chielli seguía gastando el linóleo del pasillo. Ahora, a los dedos y a las orejas había añadido los botones de la chaqueta. De pronto se detuvo, se dio un palmetazo en la frente y, trotando, se dirigió hacia Arpaia y Contreras.

—Jefe, ese hombrecillo no es el que trató de matar a Carlo Ciccarelli. Tal vez sea el que le incrustó el dardo envenenado a Vittorio Brunni, pero anoche no tenía fuerzas para soplar en una cerbatana. Además, si se ocultaba en lo alto de la torre, ¿por qué tiró abajo restos de pájaros? Creo que sirvió voluntariamente de señuelo. Él debía de querer que le encontraran, a costa de mucho esfuerzo, pero que le encontraran.

—Carajo, Chielli, tiene razón. Ese hombre no es más que una falsa pista para proteger a otro —concluyó Contreras.

—Gordo, siempre dije que eras algo más que un culo —celebró Arpaia.

—Y el otro no ha de andar lejos —añadió Contreras.

—Los almacenes de Marroquinerías Brunni están junto a la villa de Ciccarelli —dijo satisfecho el detective Chielli.

Los dos policías salieron del hospital a la carrera, y Contreras maldijo la tardanza de Ornella. Quince minutos después la vio llegar sola, indiferente a la decepción que se dibujó en el rostro de Contreras.

124

—Le había pedido algo muy importante, Ornella.

—Y he cumplido. ¿Para qué me ha citado aquí?

—¿Dónde ha dejado al estudioso de los anaré?

—Soy yo. Me he quemado los ojos estudiándolos —dijo Ornella, y con un gesto señaló la puerta que Contreras bloqueaba.

El cazador seguía sin reaccionar, sumido en el profundo pozo de la fiebre. A ratos entreabría la boca y la máscara de oxígeno se empañaba.

—¡Dios mío! ¿Lo han herido? —exclamó al ver al hombrecillo.

—No. Tiene pulmonía y está desnutrido y deshidratado. ¿Es un anaré?

Ornella asintió. Señaló que las pintas que adornaban su rostro eran propias de un cazador anaré y preguntó por las cosas que llevaba encima.

—Están en la comisaría. El comisario Arpaia dispuso que se las llevaran.

—Vamos. Es muy importante que vea sus pertenencias para saber más de él. ¿Dónde lo encontraron?

—En la villa de Ciccarelli, en lo alto de la vieja torre.

Ornella Brunni se llevó las manos a la boca antes de preguntar:

—¿Se cubría el cuerpo con una piel de yacaré?

—Sí, ¿qué significa eso?

—Es el señuelo del cazador. Los anaré imitan muchos hábitos de los yacarés. Por ejemplo, cuando los yacarés sienten que se acerca un felino, uno de ellos se tumba en la playa y hace de señuelo. El felino ataca, seguro de que pillará por sorpresa al yacaré, y le clava los dientes en la nuca. El felino, excitado por el sabor de la sangre, empieza a desgarrarlo allí mismo y, confiado, lo va devorando. Ése es el momento que esperan los otros yacarés, que entretanto lo han rodeado cortándole cualquier posibilidad de huida.

—¿Dónde aprendió todo eso?

—Guido Vincenzo, además de antropólogo, era mi compañero.

—Lo siento, Ornella. ¿Todavía quiere ir a la comisaría?

—No. Y creo que lo más acertado sería ir a la villa de Carlo Ciccarelli —observó mirando a Contreras desde la soledad de sus ojos verdes.

Tuvieron que insistir largos minutos para convencer al armario de la escopeta de que la vida de su amo estaba en peligro, de que mandara callar a los mastines y les abriera la puerta.

Contreras tomó la mano de Ornella y así corrieron por la alameda bordeada de árboles desnudos, mientras los guardaespaldas, sorprendidos, les seguían gritando cosas que ellos ignoraron, hasta llegar a la explanada cubierta de césped.

Contreras ya conocía el ritual: el guardaespaldas más fornido hacía girar la silla de ruedas ocupada por Carlo Ciccarelli, quien empuñaba una Walter nueve milímetros; otro hombre corría, dejaba una grabadora en el césped y regresaba para situarse detrás de la silla de ruedas; una voz masculina salía de la grabadora... Pero, esta vez, Ciccarelli no orientó su sentido auditivo hacia la fuente sonora, ni buscó el blanco con sus ojos yermos, ni disparó.

Ni siquiera alzó la pistola. Simplemente ladeó la cabeza como un monigote ante la estupefacción de los guardaespaldas, que sólo reaccionaron cuando al amo se le cayeron sus gafas de ciego.

El comisario Arpaia y el detective Pietro Chielli llegaron cuando a Contreras se le hacía ya bastante difícil mantener a raya a los guardaespaldas para evitar que movieran el cadáver.

—Tiene una marca detrás de la oreja izquierda. El dardo, como sabemos, se deshace muy rápidamente —señaló Contreras.

Arpaia y Chielli contemplaron al muerto. Sin las gafas negras era irreconocible, no tenía la menor expresión.

Chielli se puso de rodillas y observó los árboles más cercanos tomando la oreja izquierda del muerto como alza de mira, pero Contreras lo desanimó:

—No se tome la molestia de buscar la posible trayectoria del dardo. Se lo clavaron mientras uno de los suyos lo hacía girar en la silla de ruedas.

Ornella y los tres hombres se miraron. El verdadero cazador solitario se escondía allí, muy cerca, invisible, oculto, camuflado por sus lejanas costumbres.

Triste, solitario y final

Ashkeanumeré, «el que viene del agua», abrió los ojos y se vio rodeado por la bruma de la muerte. Todo era blanco, el color más estéril y triste, y, aunque la estera sobre la que estaba tendido era mullida y también blanca, sintió que la muerte se alojaba en sus huesos, alejados del calor simple de la tierra. Había dos hombres junto a él, dos hombres de la tribu de los jeashmaré, «los que odian el agua», de quienes se había mantenido apartado gran parte de su vida. Uno era gordo y mordisqueaba una especie de palillo; el otro era flaco, se cubría los ojos con dos máscaras de resina transparente y en su rostro crecía un musgo gris. Lo miraban con el mismo recelo con que se contempla a un reptil herido. Terribles brujos los jeashmaré, se dijo «el que viene del agua» llevándose una mano a la cara. Una larga trompa crecía en el lugar donde tenía antes la boca. Tal vez lo habían transformado en un oso hormiguero.

—Tranquilo, hombrecito. No te muevas —dijo el detective Chielli.

—No te entiende. No creo que entienda el italiano —apuntó el comisario Arpaia con evidente desazón.

Aquel hombrecillo frágil, que sudaba la blanca almohada y los miraba con ojos espantados, era al mismo tiempo un asesino en potencia y un testigo de primera mano. Buscando al otro cazador —habían decidido llamarlos de esa manera—, la policía milanesa había dado con un verdadero tesoro. En las bodegas de Marroquinerías Brunni encontraron miles de pieles de animales, caimanes y otros reptiles teóricamente protegidos por una legislación internacional tan rimbombante como ineficaz. Pero del otro cazador apenas habían hallado rastros: huesos de roedor y de aves pequeñas y unas cuantas deposiciones que en el laboratorio declararon que podrían pertenecer a un niño porque no contenían restos de alcohol o tabaco.

—Me gustaría saber qué diablos piensa ese pequeñajo —murmuró el detective Chielli.

—Además de fiebre tiene miedo, y el miedo difícilmente deja pensar —comentó el comisario Arpaia.

Dany Contreras abrió la puerta e hizo una

seña a los dos hombres para que salieran. Se le notaba molesto. Unas horas antes había telefoneado a Zurich y la satisfacción de Zoller le había parecido ofensiva, pero no sabía por qué.

—Para Seguros Helvética todo es miel sobre hojuelas. Vittorio Brunni no murió de muerte natural y, como si tanta dicha no bastara, el beneficiario del seguro no existe. Misión cumplida, Contreras. ¿Cuándo regresa? —preguntó Zoller.

—Me quedo un par de días. No sé cuántos. Quiero conocer el final de todo este asunto.

—No se meta en líos, Contreras. La pasma italiana se encarga del caso. A usted no se le ha perdido nada en Milán.

—Lo sé, pero es una cuestión personal. Usted no podría entenderlo.

—¿Entender qué? Un par de indios mataron a un cliente nuestro. Agarraron a uno y muy pronto caerá el otro. Le ordeno que regrese en el primer avión.

—No. Volveré cuando todo se haya aclarado.

—Es usted un sentimental, Contreras —exclamó Zoller con desprecio antes de colgar.

Arpaia y Chielli salieron de la habitación. «El que viene del agua» se quedó solo.

El sendero de la fiebre le condujo hasta el Turupaqui, y se vio en la gran canoa junto a

Anahumaré, «el que canta como el agua». Durante siete jornadas habían viajado, las más remando contracorriente, las menos cargando la canoa para esquivar los rápidos. Volvían del bajo Mato Grosso, libres de carga. En el viaje de ida habían transportado más de un centenar de crías de yacaré. Los reptiles no medían más de un palmo y se agitaban como larvas en el fondo de la canoa. Tenían hambre, pero no importaba: tampoco importaban el sueño y la fatiga, pues lo que hacían tenían que hacerlo. Ellos eran anaré y obedecían a una ley tan vieja como el mundo, porque, en el comienzo de todas las cosas, el mundo era de agua, y los hombres y los animales vivían en la espalda del gran yacaré. El reptil soñaba con frutos y había frutos, soñaba con peces y había peces, soñaba con tortugas y también las había. Pero un día apareció el primer jeashmaré y clavó un dardo incandescente en el corazón del gran reptil. Éste, herido de muerte, azotó día y noche las aguas con la cola. Dejó mil hijos, algunos tan pequeños como una larva y otros grandes como un cazador, pero no dijo cuál de ellos lo reemplazaría. Por eso los anaré debían cuidarlos a todos, para que el dulce tiempo de los sueños volviera a la espalda del gran yacaré.

132

—¿Qué ha dicho el doctor Cacucci? —preguntó Contreras.

—Lo de siempre. Que no se le puede administrar ningún medicamento. Un muerto en Asunción, otro en Barcelona, dos en Milán, y no podemos interrogar al principal sospechoso —se lamentó Arpaia.

—Eso pasa por no saber idiomas, jefe —comentó el detective Chielli.

—¿Se sabe algo del otro? —preguntó nuevamente Contreras.

—Tiene detrás a toda la policía milanesa —respondió Arpaia.

—Detrás de un tipo bajito que anda medio en bolas y disfrazado de cocodrilo. No es que sea, digamos, una investigación muy clásica —dijo Chielli mordisqueando el toscano.

—No quiero más muertos. Uno más y me cortan la cabeza —comentó Arpaia dando un suspiro.

La llegada del ascensor les interrumpió. Ornella Brunni avanzó con pasos enérgicos hasta el comisario.

—Su gente ha removido mi casa, ¿cómo se atreve? —increpó a Arpaia.

—Teníamos una orden de registro. Sabemos que usted simpatiza con esos tipos que, entre

133

otras cosas, han asesinado a su padre —contestó Arpaia.

—Y puede que caigan otros —añadió Chielli.

—No habrá más muertes —afirmó Ornella Brunni.

—¿Y cómo lo sabe? Me parece que usted se guarda varios secretos que, en cambio, debería compartir conmigo. Es su deber. Puedo arrestarla bajo sospecha de encubrimiento —amenazó el comisario, pero no pudo continuar porque desde la habitación les llegó la voz del prisionero.

El hombrecillo se había quitado la máscara de oxígeno y, sentado en la cama, miraba con expresión de pánico la aguja clavada en su brazo. Una extraña y monótona letanía escapaba de sus labios.

—Chielli, llama al médico —ordenó Arpaia mientras, ayudado por Contreras y Ornella Brunni, tumbaban al prisionero en la cama.

«El que viene del agua» miró a la mujer y supo que la muerte lo llamaba. Aquella hembra tenía la selva en los ojos. Entonces él sonrió y en su lejana lengua le narró que, junto a «el que canta como el agua», habían hecho lo que debían hacer al venir a la tierra de los jeashmaré, porque, cuando habían regresado a la aldea des-

134

pués de trasladar y poner a salvo las últimas crías de yacaré, la habían encontrado arrasada y sembrada de muertos. Supieron entonces que ellos también eran los últimos, que ya no podrían salvar a los yacarés, como venían haciendo, y que era su deber acabar con los jefes de los jeashmaré. Esperaron, con la paciencia de los solitarios, a que éstos cazaran y se llevaran a miles de animales. Y, ocultos entre pieles de yacaré, largo, paciente y sin regreso había sido el viaje en busca de los jefes de los jeashmaré.

Cuando el doctor Cacucci entró, el hombrecillo miraba a Ornella Brunni con ojos desorbitados y estiraba hacia ella los brazos mientras proseguía su desesperado discurso. De pronto, su pecho se agitó convulsivamente y se quedó inmóvil.

El doctor Cacucci meneó la cabeza, lo auscultó y luego le cerró los ojos.

—No podrá negar ahora que este hombre la conocía. Ha estado contándole algo y quiero que ahora usted me lo cuente a mí —ordenó Arpaia arrinconando a Ornella Brunni.

—No sea estúpido. No he entendido ni una palabra y, si así fuera, tampoco se lo contaría —respondió la mujer.

—Comisario, déme un par de minutos. Y usted venga conmigo, Ornella —dijo Contreras tomándola de un brazo.

Caminaron en silencio hasta la cafetería del hospital. Contreras pidió dos cafés y se sentaron frente a frente. El investigador le entregó una servilleta para que se secara las lágrimas.

—Está metida en un buen lío, y hasta el cuello. Para cualquier policía, ese hombre le ha estado contando algo. ¿Qué ha sido?

—No he entendido nada. Sé un poco de ellos, pero no conozco su lengua. Sólo unos pocos misioneros la conocen. Además, nunca estuve en El Pantanal.

—Ignoro por qué demonios estoy de su parte, Ornella. No soy policía, pero lo fui, y eso me permite asegurarle que está metida en un tremendo lío. Conforme. No entiende el idioma de los anaré. La creo. Sin embargo, hace un rato ha afirmado que no habría más muertes. Ornella, usted sabe dónde está el otro.

—Y, si es así, ¿qué? No pueden obligarme a delatar a nadie.

—No, pero su arrogancia no salvará la vida del otro indio. Se encuentra muy enfermo, ¿verdad? Usted no ha venido al hospital para hablar con el comisario o con el detective Chielli. Tampoco para verme a mí. Le interesaba saber qué

136

tratamiento empleaba Cacucci para salvar al anaré y así, luego, hacer lo mismo con el otro. Tal vez a esta hora también haya muerto.

—Ellos mataron a Guido. Era mi compañero. Yo lo amaba —dijo la mujer, con sus bellos ojos verdes anegados en llanto.

—De acuerdo. Ellos mataron a Guido Vincenzo y tal vez a muchos indios, directa o indirectamente. Pero ya pagaron por ello, Ornella. Pagó Schiller, pagó Estévez, pagó Carlo Ciccarelli y pagó su padre dos veces porque lo volvieron loco de pánico antes de matarlo. ¿Quiere ahora salvar la vida del anaré?

—¿Y entregarlo a la policía para que lo asesinen lentamente en una cárcel?

—Usted no es ni la diosa de la ética ni la diosa de El Pantanal, Ornella. No es más que una burguesita mimada y llena de odio. Quería vengar la muerte de su compañero y lo entiendo, pero no tomó cartas en el asunto, ¿y sabe por qué? Porque los burgueses jamás han tenido valor y siempre se han valido de otras manos para sacar las castañas del fuego. ¿Dónde está el otro indio? Dígalo de una maldita vez.

—Si ha de morir, que muera en libertad.

La mano de Contreras trazó un semicírculo antes de estrellarse en el rostro de la mujer. Saltaron lágrimas y saliva. Una taza de café se volcó sobre la mesa, pero el líquido no lavó el orgullo destrozado.

—Me da usted asco, Ornella. Está bien. Que muera si eso salva su conciencia de burguesita de izquierdas. Será acusada de encubrimiento en al menos tres homicidios: el de su padre, el de Ciccarelli y el del último anaré. Y yo seré testigo de cargo.

—Maldito policía. Es usted igual que los otros dos.

—Tal vez, sólo que ato cabos más rápidamente. Arpaia y Chielli llegarán a las mismas conclusiones, Ornella. Fue un error venir al hospital, porque el anaré la ha reconocido, de modo que no era la primera vez que la veía. Eso debió de ocurrir en Barcelona. Al enterarse de la muerte de Estévez, similar a la de Schiller, usted viajó a España y tuvo un primer encuentro con los indios. Se escondían en un almacén. Nunca sabremos cómo llegaron tan lejos, tal vez ocultos entre las pieles, que eran transportadas en barco. Schiller y Estévez fueron presas fáciles, pero sin su ayuda no habrían llegado jamás a Milán. ¿Los trajo como animales, en el maletero de su Alfa Romeo? No. Creo que les ayudó a pasar en el último cargamento preparado por Estévez. Sí. Así debió de ser. Los dos olían a piel de yacaré y por eso los perros de Ciccarelli, acostumbrados a ese olor por la cercanía de los almacenes de la empresa, no pudieron dar con ellos. Le espera una larga condena, Ornella, y el único atenuante a su favor está en que salve la vida del otro indio. Decida.

Al ver a Ornella Brunni cabizbaja, el comisario Arpaia comprendió que se encontraba muy cerca de cerrar el caso. El detective Chielli también entendió la situación y fue el primero en bajar hasta el auto. Cuando Contreras, Ornella Brunni y Arpaia llegaron a la calle, Chielli los esperaba con el motor en marcha y un centelleante hongo azul en el techo del auto.

—Eso de acudir a la policía para exigir la investigación del asesinato, ¿qué fue, una coartada o una tomadura de pelo? —preguntó Arpaia, pero Ornella no pareció escucharle.

No tuvieron que ir muy lejos. Avanzaron hacia el norte por la Via Manzoni y, siguiendo las indicaciones de la mujer, Chielli detuvo el auto frente al portal cerrado de los Giardini Pubblici. Un empujón del corpulento detective bastó para hacer saltar el candado oxidado.

Acurrucado en un rincón de una jaula vacía, que antaño sirviera para los leones del parque, encontraron al hombre que buscaban. Su cuerpo estaba frío debajo de la piel del yacaré, porque la noche era fría, y fría es la muerte en Milán, como en todas partes.

—Ya no hay nada que hacer —dijo el comisario Arpaia, y regresó al auto para pedir por radio un vehículo hacia la morgue.

Los demás también se fueron, y allí quedó el último de los anaré, triste, con la tristeza de los que no tienen retorno; solitario, con la soledad de los derrotados, y al final de un sendero por el que nunca debió transitar.

En la calle, el detective Pietro Chielli esposó a Ornella Brunni y cumplió con el ritual de bajarle la cabeza para obligarla a entrar en el auto. Dany Contreras la miró a los ojos. Aquellas pupilas verdes lo observaron desde territorios tan lejanos que se estremeció y, para eludir cualquier tentación de una piedad tardía, echó a caminar hacia el hotel, hacia el calor del bar y el whisky para sentirse a salvo del frío, que una vez más odiaba con toda su alma.